炉边独语

闻一多散文精选

闻一多 著

泰山出版社·济南·

图书在版编目（CIP）数据

闻一多散文精选 / 闻一多著. -- 济南：泰山出版社，2024.1

（炉边独语）

ISBN 978-7-5519-0786-6

Ⅰ.①闻… Ⅱ.①闻… Ⅲ.①散文集－中国－现代 Ⅳ.① I266

中国国家版本馆CIP数据核字（2023）第093905号

LUBIAN DUYU　WENYIDUO SANWEN JINGXUAN
炉边独语：闻一多散文精选

责任编辑　王艳艳　任春玉
装帧设计　路渊源

出版发行	泰山出版社
社　　址	济南市泺源大街2号　邮编　250014
电　　话	综 合 部（0531）82023579　82022566
	出版业务部（0531）82025510　82020455
网　　址	www.tscbs.com
电子信箱	tscbs@sohu.com
印　　刷	山东通达印刷有限公司
成品尺寸	150 mm×230 mm　16开
印　　张	12.25
字　　数	153千
版　　次	2024年1月第1版
印　　次	2024年1月第1次印刷
标准书号	ISBN 978-7-5519-0786-6
定　　价	39.00元

凡　例

一、本书收录了作者的散文经典文章或片段节选，主要展现了作者的学术历程、情感操守，以及当时的时代风貌等。

二、将所选文章改为简体横排，以适应当代的阅读习惯。所选文章尽量依照原作，以保持文章的时代韵味，部分内容参照当下最新的整理成果进行了适当修改。

三、所选文章没有标题或者标题重复的，编辑时另行拟加或改拟。

四、对有些当时惯用的文字，如"的""地""得""作""做""哪""那""吧""罢""化钱""记帐"等，仍多遵照旧用。

目录

- 001 诗的格律
- 009 诗人的横蛮
- 011 谈商籁体
- 013 画　展
- 016 字与画
- 019 诗与批评
- 026 电影是不是艺术？
- 036 《女神》之时代精神
- 044 《女神》之地方色彩
- 051 泰果尔批评
- 056 文艺与爱国——纪念三月十八
- 058 邓以蛰《诗与历史》题记
- 060 戏剧的歧途
- 064 论《悔与回》

066　论形体——介绍唐仲明先生的画

069　匡斋谈艺

072　悼玮德

075　宣传与艺术

080　《西南采风录》序

083　时代的鼓手

089　五四与中国新文艺

091　战后文艺的道路

097　名誉谈

099　闻　多

100　《烙印》序

103　旅客式的学生

106　清华底出版物与言论家

110　恢复伦理演讲

113　痛心的话

114　恢复和平！

118　败

119　青　岛

121　复古的空气

126　《现代英国诗人》序

130　《晨夜诗庋》跋

131　伟大的事实　不朽的意义

136　可怕的冷静

139　愈战愈强

142　组织民众与保卫大西南

146　在鲁迅逝世八周年纪念会上的讲话

148　一个白日梦

151　说　舞

158　五四运动的历史法则

163　人民的世纪

166　"五四"断想

168　给西南联大的从军回校同学讲话

172　兽·人·鬼

174　八年的回忆与感想

180　一二·一运动始末记

184　最后一次讲演

诗的格律

一

假定"游戏本能说"能够充分的解释艺术的起源，我们尽可以拿下棋来比做诗；棋不能废除规矩，诗也就不能废除格律。（格律在这里是Form的意思。"格律"两个字最近含着了一点坏的意思；但是直译Form为形体或格式也不妥当。并且我们若是想起Form和节奏是一种东西，便觉得Form译作格律是没有什么不妥的了。）假如你拿起棋子来乱摆布一气，完全不依据下棋的规矩进行，看你能不能得到什么趣味？游戏的趣味是要在一种规定的条律之内出奇致胜。做诗的趣味也是一样的。假如诗可以不要格律，做诗岂不比下棋，打球，打麻将还容易些吗？难怪这年头儿的新诗"比雨后的春笋还多些"。我知道这些话准有人不愿意听。但是Bliss Perry教授的话来得更古板。他说"差不多没有诗人承认他们真正给格律缚束住了。他们乐意带着脚镣跳舞，并且要带别个诗人的脚镣"。

这一段话传出来，我又断定许多人会跳起来，喊着"就算它是诗，我不做了行不行"。老实说，我个人的意思以为这种人就不做诗也可以，反正他不打算来带脚镣，他的诗也就做不到怎样高明的地方去。杜工部有一句经验语很值得我们揣摩的，"老去渐于诗律细"。

诗国里的革命家喊道"皈返自然"！他们以为有了这四个字，便师出有名了。其实他们要知道自然界的格律，虽然有些像蛛丝马迹，但是依然可以找得出来。不过自然界的格律不圆满的时候多，所以必须艺术来补充它。这样讲来，绝对的写实主义便是艺术的破产。"自然的终点便是艺术的起点"，王尔德说得很对。自然并不尽是美的。自然中有美的时候，是自然类似艺术的时候。最好拿造型艺术来证明这一点。我们常常称赞美的山水，讲它可以入画。的确中国人认为美的山水，是以像不像中国的山水画做标准的。欧洲文艺复兴以前所认为女性的美，从当时的绘画里可以证明，同现代的女性美的观念完全不合；但是现代的观念又同希腊的雕像所表现的女性美相符了。这是因为希腊雕像的出土，促成了文艺复兴，文艺复兴以来，艺术家描写美人，都拿希腊的雕像做蓝本，因此便改造了欧洲人的女性美的观念。我在赵瓯北的一首诗里发现了同类的见解。

绝似盆池聚碧屏，嵌空石笋满江湾。
化工也爱翻新样，反把真山学假山。

这径直是讲自然在模仿艺术了。自然界当然不是绝对没有美的。自然界里面也可以发现出美来，不过那是偶然的事。偶然在言语里发现了一点类似诗的节奏，便说言语就是诗，便要打破诗的音节，要它变得和言语一样——这真是诗的自杀政策了。（注意我并不反对用土白做诗，我并且相信土白是我们新诗的领域里一块非常肥沃的土壤，理由等将来再仔细的讨论。我们现在要注意的只是土白可以"做"诗；这"做"字便说明了土白须要经过一番锻炼选择的工作然后才能成诗。）诗的所以能激发情感，完全在他的节奏；节奏便是格律。莎士比亚的诗剧里往往遇见情绪紧张到万分的时候，便用韵语来描写。葛德作《浮士德》也曾采用同类的手段，在他致席勒的信里并且提到了这一层。韩昌黎"得窄韵则不复傍出，而因难见巧，愈险愈奇……"这样看来，恐怕越有魄力的作家，越是要带着脚镣跳舞才跳得痛快，跳得好。只有不会跳舞的才怪脚镣碍事。只有不会做诗的才感觉得格律的缚束。对于不会作诗的，格律是表现的障碍物；对于一个作家，格律便成了表现的利器。

又有一种打着浪漫主义的旗帜来向格律下攻击令的人。对于这种人，我只要告诉他们一件事实。如果他们要像现在这样的讲什么浪漫主义，就等于承认他们没有创造文艺的诚意。因为，照他们的成绩看来，他们压根儿就没有注意到文艺的本身，他们的目的只在披露他们自己的原形。顾影自怜的青年们一个个都以为自身的人格是再美没有的，只要把这个赤裸裸的和盘托出，便是艺术的大成功了。你没有听见他们天天唱道"自我的表现"吗？他们确乎只认识了文艺的原料，没有认识那将原料变成文艺所必需的工具。他们用了文字作表现的工具，不过是偶然的事。他们最称心的工作是把所谓"自我"披露出来，是让世界知道"我"也是一个多才多艺，善病工愁的少年；并且在文艺的镜子里照见自己那偶傥的风姿，还带着几滴多情的眼泪，啊！啊！那是多么有趣的事！多么浪漫！不错，他们所谓浪漫主义，正浪漫在这一

点上，和文艺的派别绝不发生关系。这种人的目的既不在文艺，当然要他们遵从诗的格律来做诗，是绝对办不到的；因为有了格律的范围，他们的诗就根本写不出来了，那岂不失了他们那"风流自赏"的本旨吗？所以严格一点讲起来，这一种伪浪漫派的作品，当它作把戏看可以，当它作西洋镜看也可以，但是万不能当它作诗看。格律不格律，因此就谈不上了。让他们来反对格律，也就没有辩驳的价值了。

上面已经讲了格律就是 Form。试问取消了 Form，还有没有艺术？上面又讲到格律就是节奏。讲到这一层更可以明了格律的重要；因为世上只有节奏比较简单的散文，决不能有没有节奏的诗。本来诗一向就没有脱离过格律或节奏。这是没有人怀疑过的天经地义。如今却什么天经地义也得有证明才能成立，是不是？但是为什么闹到这种地步呢——人人都相信诗可以废除格律？也许是"安拉基"精神，也许是好时髦的心理，也许是偷懒的心理，也许是藏拙的心理，也许是……那我可不知道了。

二

前面已经稍稍讲了讲诗为什么不当废除格律。现在可以将格律的原质分析一下了。从表面上看来，格律可以从两方面讲：（一）属于视觉方面的，（二）属于听觉方面的。这两类其实不当分开来讲，因为它们是息息相关的。譬如属于视觉方面的格律有节的匀称，有句的均齐。属于听觉方面的有格式，有音尺，有平仄，有韵脚；但是没有格式，也就没有节的匀称，没有音尺，也就没有句的均齐。

关于格式，音尺，平仄，韵脚等问题，本刊上已经有饶孟侃先生论新诗的音节的两篇文章讨论得很精细了，不过他所讨论的是从听觉方面着眼的。至于视觉方面的两个问题，他却没有提到。当然视觉方面的问题比较占次要的位置。但是在我们中国的文学里，尤其不当忽略视觉一层，因为我们的文字是象形的，我们中国人鉴赏文艺的时候，至少有一半的印象是要靠眼睛来传达的。原来文学本是占时间又占空间的一种艺术。既然占了空间，却又不能在视觉上引起一种具体的印象——这本是欧洲文字的一个缺憾。我们的文字有了引起这种印象的可能，如果我们不去利用它，真是可惜了。所以新诗采用了西文诗分行写的办法，的确是很有关系的一件事。姑无论开端的人是有意的还是无心的，我们都应该感谢他。因为这一来，我们才觉悟了诗的实力不独包括音乐的美（音节），绘画的美（词藻），并且还有建筑的美（节的匀称和句的均齐）。这一来，诗的实力上又添了一支生力军，诗的声势更加浩大了。所以如果有人要问新诗的特点是什么，我们应该回答他：增加了一种建筑美的可能性是新诗的特点之一。

近来似乎有不少的人对于节的匀称和句的均齐表示怀疑，以为这是复古的象征。做古人的真倒霉，尤其做中华民国的古人！你想这事怪不怪？做孔子的如今不但"圣人""夫子"的徽号闹掉了，连他自己的名号也都给褫夺了，如今只有人叫他作"老二"；但是耶稣依然是耶稣基督，苏格拉提依然是苏格拉提。你做诗摹仿十四行体是可以的，但是你得十二分的小心，不要把它做得像律诗了。我真不知道律诗为什么这样可恶，这样卑贱！何况用语体文写诗写到同律诗一样，是不是可能的？并且现在把节

做到匀称了，句做到均齐了，这就算是律诗吗？

诚然，律诗也是具有建筑美的一种格式；但是同新诗里的建筑美的可能性比起来，可差得多了。律诗永远只有一个格式，但是新诗的格式是层出不穷的。这是律诗与新诗不同的第一点。做律诗，无论你的题材是什么，意境是什么，你非得把它挤进这一种规定的格式里去不可，仿佛不拘是男人，女人，大人，小孩，非得穿一种样式的衣服不可。但是新诗的格式是相体裁衣。例如《采莲曲》的格式决不能用来写《昭君出塞》，《铁道行》的格式决不能用来写《最后的坚决》，《三月十八日》的格式决不能用来写《寻找》。在这几首诗里面，谁能指出一首内容与格式，或精神与形体不调和的诗来，我倒愿意听听他的理由。试问这种精神与形体调和的美，在那印板式的律诗里找得出来吗？在那乱杂无章，参差不齐，信手拈来的自由诗里找得出来吗？

律诗的格式与内容不发生关系，新诗的格式是根据内容的精神制造成的。这是它们不同的第二点。律诗的格式是别人替我们定的，新诗的格式可以由我们自己的意匠来随时构造。这是它们不同的第三点。有了这三个不同之点，我们应该知道新诗的这种格式是复古还是创新，是进步还是退化。

现在有一种格式：四行成一节，每句的字数都是一样多。这种格式似乎用得很普遍。尤其是那字数整齐的句子，看起来好像刀子切的一般，在看惯了参差不齐的自由诗的人，特别觉得有点稀奇。他们觉得把句子切得那样整齐，该是多么麻烦的工作。他们又想到做诗要是那样的麻烦，诗人的灵感不完全毁坏了吗？灵感毁了，还那里去找诗呢？不错，灵感毁了，诗也毁了。但是字句锻炼得整齐，实在不是一件难事；灵感决不致因为这个就会受了损失。我曾经问过现在常用整齐的句法的几个作者，他们都这样讲；他们都承认若是他们的那一首诗没有做好，只应该归罪于他们还没有把这种格式用熟；这种格式的本身不负丝毫的责任。我们最好举两个例来对照着看一看，一个例是句法不整齐的；一个是整齐的，看整齐与凌乱的句法和音节的美丑有关系没有——

> 我愿透着寂静的朦胧，薄淡的浮纱，
> 细听着渐渐的细雨寂寂的在檐上，
> 激打遥对着远远吹来的空虚中的嘘叹的声音，
> 意识着一片一片的坠下的轻轻的白色的落花。

> 说到这儿，门外忽然风响，
> 老人的脸上也改了模样；
> 孩子们惊望着他的脸色，
> 他也惊望着炭火的红光。

到底那一个的音节好些——是句法整齐的，还是不整齐？更彻底的讲来，句法整齐不但于音节没有妨碍，而且可以促成音节的调和。这话讲出来，又有人不肯承认了。我们就拿前面的证例分析一遍，看整齐的句法同调和的音节是不是一件事。

> 孩子们|惊望着|他的|脸色
> 他也|惊望着|炭火的|红光

这里每行都可以分成四个音尺，每行有两个"三字尺"（三个字构成的音尺之简称，以后仿此）和两个"二字尺"，音尺排列的次序是不规则的，但是每行必须还他两个"三字尺"两个"二字尺"的总数。这样写来，音节一定铿锵，同时字数也就整齐了。所以整齐的字句是调和的音节必然产生出来的现象。绝对的调和音节，字句必定整齐。（但是反过来讲，字数整齐了，音节不一定就会调和，那是因为只有字数的整齐，没有顾到音尺的整齐——这种的整齐是死气板脸的硬嵌上去的一个整齐的框子，不是充实的内容产生出来的天然的整齐的轮廓。）

这样讲来，字数整齐的关系可大了，因为从这一点表面上的形式，可以证明诗的内在的精神——节奏的存在与否。如果读者还以为前面的证例不够，可以用同样的方法分析我的《死水》。

这首诗从第一行

这是|一沟|绝望的|死水

起，以后每一行都是用三个"二字尺"和一个"三字尺"构成的，所以每行的字数也是一样多。结果，我觉得这首诗是我第一次在音节上最满意的试验。因为近来有许多朋友怀疑到《死水》这一类麻将牌式的格式，所以我今天就顺便把它说明一下。我希望读者注意，新诗的音节，从前面所分析的看来，确乎已经有了一种具体的方式可寻。这种音节的方式发现以后，我断言新诗不久定要走进一个新的建设的时期了。无论如何，我们应该承认这在新诗的历史里是一个轩然大波。这一个大波的荡动是进步还是退化，不久也就自然有了定论。

诗人的横蛮

孔子教小子，教伯鱼的话，正如孔子一切的教训，在这年头儿，都是犯忌讳的。依孔子的见解，诗的灵魂是要"温柔敦厚"的。但是在这年头儿，这四个字千万说不得，说出了，便证明你是个弱者。当一个弱者是极寒伧的事，特别是在这一个横蛮的时代。在这时代里，连诗人也变横蛮了；做诗不过是用比较斯文的方法来施行横蛮的伎俩。我们的诗人早起听见鸟儿叫了几声，或是上万牲园逛了一逛，或是接到一封情书了……你知道——或许他也知道这都不是什么了不得的事件，够不上为它们就得把安居乐业的人类都给惊动了。但是他一时兴会来了，会把这消息用长短不齐的句子分行写了出来，硬要编辑先生们给它看过几遍，然后又耗费了手民的筋力给它排印了，然后又占据了上千上万的读者的光阴给它读完了，最末还要叫世界，不管三七二十一，承认他是一个天才。你看这是不是横蛮？并且他凭空加了世界这些担负，要是那一方面——编辑，手民或读者——对他大意了一点，他便又要大发雷霆，骂这世界盲目，冷酷，残忍，蹂躏天才……这种行为不是横蛮是什么？再如果你好心好意对他这作品下一点批评，说他好，那固然算你没有瞎眼睛，你要是敢说了他半个坏字，那你可触动了太岁，他能咒到你全家都死尽了。试问这不是

横蛮是什么？

我看如果诗人们一定要这样横蛮，这样骄纵，这样跋扈，最好早晚由政府颁布一个优待诗人的条例，请诗人们都带上平顶帽子，穿上灰色的制服（最好是粉红色的，那最合他们的身分）以表他们是属于享受特殊权利的阶级，并且仿照优待军人的办法，电车上，公园里，戏园里……都准他们自由出入，让他们好随时随地寻求灵感。反正他们享受的权利已经不少了，政府不如卖一个面子，追认一下。但是我怕这一来，中国诗人一向的"温柔敦厚"之风会要永远灭绝了！

谈商籁体

梦家：

　　商籁体读到了，印象不大深，恐怕这初次的尝试还不能算成功。这体裁是不容易做。十四行与韵脚的布置是必需的，但非重要的条件。关于商籁体裁早想写篇文章谈谈，老是忙，身边又没有这类的书，所以没法动手。大略的讲，有一个基本的原则非遵守不可，那便是在第八行的末尾，定规要一个停顿。最严格的商籁体，应以前八行为一段，后六行为一段；八行中又以每四行为一小段，六行中或以每三行为一小段，或以前四行为一小段，末二行为一小段。总计全篇的四小段，（**我讲的依然是商籁体，不是八股！**）第一段起，第二承，第三转，第四合。讲到这里，你自然明白为什么第八行尾上的标点应是"。"或与它相类的标点。"承"是连着"起"来的，但"转"却不能连着"承"走，否则转不过来了。大概"起""承"容易办，"转""合"最难，一篇精神往往得靠一转一合。总之，一首理想的商籁体，应该是个三百六十度的圆形；最忌的是一条直线。你试拿这标准去绳量你的《太湖之夜》，可不嫌直一点吗？至于那第二行的"太湖……的波纹？正流着泪"与第三行"梅苞画上一道清眉"，究竟费解。还有一点，十一，十四两行的韵，与一，四，五，八重复，没有这种办法。第一行与第十四行不但韵重，并且字重，更是体裁所不许的。"无限的意义都写在太湖万顷的水"——这"水"字之下，如何少得一个"上"字或"里"字？我说破以后，你能不哑然失笑吗？"耽心"的"耽"字，是"乐"的意思（《书经》："惟耽乐之从。"），从"目"的"虎视眈眈"的"眈"也不对。普通作"单心"也没有讲。应该是"担心"，犹言"放不下心"。"担心"这两字多么生动，具体，富于暗示，丢掉这样的字不用，去用那"无意义"，"无生气"的"耽心"，岂不可惜？音节和格律的问题，始终没有人好好的讨论过。我又想提起这用字的问题来，又怕还是一场自讨没趣。总之这些话，深的人嫌它太浅，浅的人又嫌它太深，叫人不晓得如何开口。

画　展

　　我没有统计过我们这号称抗战大后方的神经中枢之一的昆明，平均一个月有几次画展，反正最近一个星期里就有两次。重庆更不用说，恐怕每日都在画展中，据前不久从那里来的一个官说，那边画展热烈的情形，真令人咋舌。（**不用讲，无论那处，只要是画展，必是国画。**）这现象其实由来已久，在我们的记忆中，抗战与风雅似乎始终是不可分离的，而抗战愈久，雅兴愈高，更是鲜明的事实。

　　一个深夜，在大西门外的道上，和一位盟国军官狭路当逢，于是攀谈起来了。他问我这战争几时能完，我说："这还得问你。"

　　"好罢！"他爽快的答道，"战争几时开始，便几时完结。"事后我才明白他的意思是说，只要他们真正开始反攻，日本是不值一击的。一个美国人，他当然有资格夸下这海口。但是我，一个中国人，尤其当着一个美国人面前，谈起战争，怎么能不心虚呢？我当时误会了他的意思，但我是爱说实话的。反正人家不是傻子，咱们的底细，人家心里早已是雪亮的，与其欲盖弥彰，倒不如自己先认了，所以我的答话是："战争几时开始？你们不是早已开始了吗？没开始的只是我们。"

对了，你敢说我们是在打仗吗？就眼前的事例说，一面是被吸完血的××编成"行尸"的行列，前仆后继的倒毙在街心，一面是"琳瑯满目"，"盛况空前"的画展，你能说这不是一面在"奸污"战争，一面在逃避战争吗？如果是真实而纯洁的战争，就不怕被正视，不，我们还要用钟爱的心情端详它，抚摩它，用骄傲的嗓音讴歌它。唯其战争是因被"奸污"而变成一个腐烂的，臭恶的现实，所以你就不能不闭上眼睛掩着鼻子，赶紧逃过，逃的愈远愈好，逃到"云烟满纸"的林泉丘壑里，逃到"气韵生动"的仕女前……反之，逃得愈远，心境愈有安顿，也愈可以放心大胆让双手去制造血腥的事实。既然"立地成佛"有了保证，屠刀便不妨随时拿起，随时放下，随时放下，随时拿起。原来某一类说不得的事实和画展是互为因果的，血腥与风雅是一而二，二而一罢了。诚然，就个人说，成佛的不一定亲手使过屠刀，可是至少他们也是帮凶和窝户。如果是借刀杀人，让旁人担负使屠刀的劳力和罪名，自己干没了成佛的实惠，其居心便更不可问了。你自命读书明理的风雅阶级，说得轻点，是被利用，重点是你利用别人，反正你是逃不了责任的！

艺术无论在抗战或建国的立场下，都是我们应该提倡的，这点道理并不只你风雅人士们才懂得。但艺术也要看那一种，正如思想和文学一样，它也有封建的与现代的，或复古的与前进的（其实也就是人道的与非人道的）之别。你若有良心，有魄力，并且不缺乏那技术，请站出来，学学人家的画家，也去当个随军记者，收拾点电网边和战壕里的"烟云"回来，或就在任何后方，把那"行尸"的行列速写下来，给我们认识认识点现实也好，起码你也该在随便一个题材里多给我们一点现代的感觉，八大山人，四王，吴恽，费晓楼，改七芗，乃至吴昌硕，齐白石那一套，纵然有他们的历史价值，在珂罗板片中也够逼真的了，用得着你们那笨拙的复制吗？在这复古气焰高张的年代，自然正是你们扬眉吐气的时机，但是小心不要做了破坏民族战斗意志的奸细，和危害国家现代化的帮凶！记着我的话，最后裁判的日子必然来到，那时你们的风雅就是你们的罪状！

字与画

原始的象形文字，有时称为绘画文字，有时又称为文字画，这样含混的名词，对于字与画的关系，很容易引起误会，是应当辨明一下的。

一切文字，在最初都是象形的，换言之，都是绘画式的。反之，任何绘画都代表着一件事物，因此也便具有文字的作用。但是，绘画与文字仍然是两件东西，它们的外表虽相似，它们的基本性质却完全两样。一幅图画在作者的本意上，决不会变成一篇文字，除非它已失去原来的目标，而仅在说明某种概念。绘画的本来目的是传达印象，而文字的本来目则是说明概念。要知道二者的区别，最好是看它们每方面所省略的地方。实际上便是最写实的绘画，对于所模拟的实物，也不能无所省略，文字更不用说了。往往为了经济和有效的双重目的起见，绘画所省略处正是文字所要保留的，反之，文字所省略处也正是绘画所要保留的。以现代澳洲为例，什么是纯粹的绘画，什么是文字性质的绘画，不但土人看来，一望而知，就在我们看来，也不容易混淆。在他们的绘画中，我们可以看到每一笔都证明作者的用意是在求对原物的真实和生动，但在他的文字性质的东西里，情形便完全不同。那些线与点只是代表事物概念的符号，而非事物本身的摹绘。

大体说来，绘画式的文字总比纯粹绘画简单些。但照上面所说的看来，绘画式的文字，却不是简化了的绘画。由此我们又可以推想，我们现在所见到刻在甲骨上的殷代象形文字，其繁简的程度，大概和更古时期的象形文字差不多。我们不能期望将来还有一批更富绘画意味的甲骨文字被发现。文字打头就只是文字——只是近似绘画的文字，而不是真正的绘画。

但是就中国的情形论，文字最初虽非十足的绘画，后来的发展却和绘画愈走愈近。这种发展的过程包括两个阶段，和绘画本身的发展过程完全相合。两个阶段（一）是装饰的，（二）是表现的。

离甲骨略后而几乎同时的铜器上的文字，往往比甲骨文字来得繁缛而更富于绘画意味，这些我从前以为在性质上代表着我国文字较早的阶段，现在才知道那意见是错的。镌在铜器上的铭辞和刻在甲骨上的卜辞，根本是两种性质的东西。卜辞的文字是纯乎实用性质的纪录，铭辞的文字则兼有装饰意味的审美功能。装饰自然会趋于繁缛的结构与更浓厚的绘画意味。沿着这个路线发展下来的一个极端的例，便是流行于战国时的一种鸟虫书，那几乎完全是图案，而不是文字了。字体由篆隶变到行楷，字体本身的图案意味逐渐减少，可是它在艺术方面发展的途径不但并未断绝，而且和绘画拉拢得更紧，共同走到一个更高超的境界了。

以前在装饰的阶段中，字只算得半装饰的艺术，如今在表现的阶段中，它却成为一种纯表现的艺术了。以前作为装饰艺术的字，是以字来模仿画，那时画是字的理想。现在作为表现艺术

的字，字却成了画的理想，画反要来模仿字。从艺术方面的发展看，字起初可说是够不上画，结果它却超过了画，而使画够不上它了。

字在艺术方面，究竟是仗了什么，而能有这样一段惊人的发展呢？理由很简单。字自始就不是如同绘画那样一种拘形相的东西，所以能不受拘牵的发展到那种超然的境界。从装饰的立场看，字尽可以不如画，但从表现的立场看，字的地位一上手就比画高，所以字在前半段装饰的竞赛中吃亏的地方，正是它在后半段表现的竞赛中占便宜的地方。这一点也可以证明文字的本质与绘画不同，所同的只是表面的形式而已。

评论书画者常说起"书画同源"，实际上二者恐怕是异源同流。字与画只是近亲而已。因为相近，所以两方面都喜欢互相拉拢，起初是字拉拢画，后来是画拉拢字。字拉拢画，使字走上艺术的路，而发展成我们这独特的艺术——书法。画拉拢字，使画脱离了画的常轨，而产生了我们这有独特作风的文人画。

诗与批评

什么是诗呢？我们谁能大胆地说出什么是诗呢？我们谁敢大胆地决定什么是诗呢？不能！有多少人是曾对于诗发表过意见，但那意见不一定合理的，不一定是真理；那是一种个人的偏见，因为是偏见，所以不一定是对的。但是，我们怎样决定诗是什么呢？我以为，来测度诗的不是偏见，应该是批评。

对于"什么是诗"的问题，有两种对立的主张：

有一种人以为："诗是不负责的宣传。"

另一种人以为："诗是美的语言。"

我们念了一篇诗，一定不会是白念的，只要是好诗，我们念过之后就受了他的影响：诗人在作品中对于人生的看法影响我们，对于人生的态度影响我们，我们就是接受了他的宣传，诗人用了文字的魔力来征服他的读者，先用了这种文字的魅力使读者自然地沉醉，自然地受了催眠，然后便自自然然地接受了诗人的意见，接受了他的宣传。这个宣传是有如何的效果呢？诗人不问这个，因为他的宣传是不负责的宣传。诗人在作品里所表示的意见是可靠的吗？这是不一定的，诗人有他自己的偏见，偏见是不一定对的。好些人把诗人比做疯子，疯子的意见怎末能是真理呢？实在，好些诗人写下了他的诗篇，他并不想到有什么效果，他并不为了效果而写诗，他并不为了宣传而写诗，他是为写诗而写诗的；因之，他的诗就是一种不负责的东西了，不负责的东西是好的吗？这是一个很重要的问题，所以，第一种主张就侧重在这种宣传的效果方面，我想，这是一种对于诗的价值论者。

好些人念一篇诗时是不理会它的价值的，他只吟味于词句的安排，惊喜于韵律的美妙：完全折服于文字与技巧中。这种人往往以为他的态度仅止于欣赏，仅止于享受而已，他是为念诗而念诗。其实这是不可能的事，在文字与技巧的魅力上，你并不只享受于那份艺术的功力，你会被征服于不知不觉中，你会不知不觉的为诗人所影响，所迷惑。对于这种不顾价值，而只求感受舒适的人，我想他们是对于诗的效率论者。

这两种态度都不是对的。因为单独的价值论或是效率论都不是真理。我以为，从批评诗的正确的态度上说，是应该二者兼顾的。

伯拉图在他的《理想国》中赶走了诗人，因为他不满意诗人。他是一个极端的价值论者，他不满意于诗人的不负责的宣传。一篇诗作是以如何残忍的方式去征服一个读者。诗篇先以美的颜面去迷惑了一个读者，叫他沉迷于字面，音韵，旋律，叫他为了这些而奉献了自己，然而又以诗人的偏见生生烙印在读者的灵魂与感情上。然而这是一个如何残酷的烙印。——不负责的宣传已是诗的罪名了，我们很难有法子让诗人对于他的宣传负责，（诗人是否能负责又是一个问题。）这样一来，为了防范这种不负责的宣传，我们是不是可以不要诗了呢？不行，我们觉得诗是非要不可，诗非存在不可的。既然这样，所以我们要求诗是"负责的宣传"。我们要求诗人对他的作品负责，但这也许是不容易的事，因之，我们想得用一点外力，我们以社会使诗人负责。

　　负责的问题成为最重要的了，我们为了诗的光荣存在而辩护，所以不能不要求诗的宣传作用是负责的，是有利益于社会的。我们想，若是要知道这宣传是否负责而用新闻检查的方式，实在是可笑的，我们不能用检查去了解，我们要用批评去了解；目前的诗著是可用检查的方法限制的，但这限制至少对于古人是无用的；而且事实上有谁会想出这种类似焚书坑儒的事来折磨我们的诗人呢？我想应该不会。在苏联和也许别的些个什么国家用一种方法叫诗人负责，方法很简单，就是，拉着诗人的鼻子走，如同牵牛一样，政府派诗人做负责的诗，一个纪念，叫诗人做诗，一个建筑落成，叫诗人做诗，这样，好些"诗"是给写出来了，但结果，在这种方式下产生出来的作品，只是宣传品而不是诗了，既不是诗，宣传的力量也就小了或甚至没有了，最后，这些东西既不是诗又不是宣传品，则什么都不是了，我们知道马也可夫斯基写过诗，也写过宣传品，后来他自杀了，谁知道他为什么自杀呢？所以我想，拉着诗人的鼻子走的方式并不是好的方式。

　　政府是可以指导思想的。但叫诗人负责，这不是政府做得到的；上边我说，我们需要一点外力，这外力不是发自政府，而是发自社会。我觉得去测度诗的是否为负责的宣传的任务不是检查所的先生们完成得了的，这个任务，应该交给批评家。

　　每个诗人都有他独特的性格，作风，意见与态度，这些东西会表现在作品里。一个读者要只单选上一位诗人的东西读，也

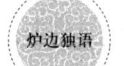

许不是有益而且有害的，因为，我们无法担保这个诗人是完全对的，我们一定要受他影响，若他的东西有了毒，是则我们就中毒了。鸡蛋是一种良好的食品，既滋补而又可口，但据说多吃了是有毒的，所以我们不能天天只吃鸡蛋，我们要吃些别的东西。读诗也一样，我觉得无妨多读，从庞乱中，可以提取养料来补自己，我们可以读李白，杜甫，陶潜，李商隐，沙士比亚，但丁，雪莱，甚至其他的一切诗人的东西，好些作品混在一起，有毒的部份抵消了，留下滋养的成份；不负责的部份没有了，留下负责的成份。因为，我们知道凡是能够永远流传下去的东西差不多可以说是好的，时间和读者会无情地淘汰坏的作品。我以为我们可以有一个可靠的选本，让批评家精密地为各种不同的人选出适于他们的选本，这位批评家是应该懂得人生，懂得诗，懂得什么是效率，懂得什么是价值的这样一个人。

我以为诗是应该自由发展的。什么形式什么内容的诗我们都要。我们设想我们的选本是一个治病的药方，那末，里边可以有李白，有杜甫，有陶渊明，有苏东坡，有歌德，有济慈，有沙士比亚；我们可以假想李白是一味大黄吧，陶渊明是一味甘草吧，他们都有用，我们只要适当的配合起来，这个药方是可以治病的。所以，我们与其去管诗人，叫他负责，我们不如好好地找个批评家，批评家不单可以给我们以好诗，而且可以给社会以好诗。

历史是循环的，所以我们现在想提到历史来帮助我们了解我们的时代，了解时代赋予诗的意义，了解我们批评诗的态度。封建的时代我们看得出只有社会，没有个人，《诗经》给他们一个证明。《诗经》的时代过去了,个人从社会里边站出来,于是我们发觉《古诗十九首》实在比《诗经》可爱,《楚辞》实在比《诗经》可爱。因为我们自己现在是个人主义社会里的一员,我们所以喜爱那种个人的表现,我们因之觉得《古诗十九首》比《诗经》对我们亲切。《诗经》的时代过去之后,个人主义社会的趋势已经非常明显了。而且实实在在就果然进到了个人主义社会。这时候只有个人,没有社会;个人是耽沉于自己的享乐,忘记社会,个人是觅求"效率"以增加自己愉悦的感受,忘记自己以外的人群。陶渊明时代有多少人过极端苦难的日子,但他不管,他为他自己写下了他闲逸的诗篇。谢灵运一样忘记社会,为自己的愉悦而玩弄文字——当我们想到那时别人的苦难,想着那幅流民图,我们实实在在觉得陶渊明与谢灵运之流是多么无心肝,多么该死,——这是个人主义发展到极端了,到了极端,即是宣布了个人主义的崩溃,灭亡。杜甫出来了,他的笔触到广大的社会与人群,他为了这个社会与人群而同其欢乐,同其悲苦,他为社会与人群而振呼。杜甫之后有了白居易,白居易不单是把笔濡染着社会,而且他为当前的事物提出他的主张与见解。诗人从个人的圈子走出来,从小我而走向大我,《诗经》时代只有社会,没有个人,再进而只有个人没有社会,进到这时候,已经是成为了个人社会(Individual Society)了。

到这里,我应提出我是重视诗的社会的价值了。我以为不久的将来,我们的社会一定会发展成为Society of Individual, Individual for Society(社会属于个人,个人为了社会)的。诗是与时代同其呼息的,所以,我们时代不单要用效率论来批评

诗，而更重要的是以价值论诗了，因为加在我们身上的将是一个新时代。

诗是要对社会负责了，所以我们需要批评。《诗经》时代何以没有批评呢？因为，那些作品都是负责的，那些作品没有"效率"，但有"价值"，而且全是"教育的价值"，所以不用批评了。（自然，一篇实在没有价值的东西也可以"说"得出价值来的，对这事我们可以不必论及了。）个人主义时代也不要批评，因为诗就只是给自己享受享受而已，反正大家标准一样，批评是多余的；那时候不论价值，因为效率就是价值。（诗话一类的书就只在谈效率，全不能算是批评。）但今天，我们需要批评，而且需要正确而健康的批评。

春秋时代是一个相当美好的时代，那时候政治上保持一种均势。孔子删诗，孔子对于诗作过最好的，最合理的批评，在《左传》上关于诗的批评我认为是对的；孔子注重诗的社会价值。自然，正确的批评是应该兼顾到效率与价值的。

从目前的情形看，一般都只讲求效率了，而忽视了价值，所以我要大声疾呼请大家留心价值。有人以为着重价值就会忽略了效率，就会抹煞了效率，我以为不会，这种担心是多余的。我们不要以为效率会被抹煞，只要看看普遍的情形，我们不是还叫读诗叫欣赏诗吗？我们不是很重视于字句声律这些东西吗？社会价值是重要的，我们要诗成为"负责的宣传"，就非得着重价值不可，因为价值实在是被"忽视"了。

诗是社会的产物。若不是于社会有用的工具，社会是不要它的。诗人掘发出了这原料，让批评家把它做成工具，交给社会广大的人群去消化。所以原料是不怕多的，我们什么诗人都要，什么样诗都要，只要制造工具的人技术高，技术精。

我以为诗人有等级的。我们假设说如同别的东西一样分做一等二等三等，那么杜甫应该是一等的，因为他的诗博大，有人说黄山谷，韩昌黎，李义山等都是从杜甫来的，那末，杜甫是包罗了这末多"资源"，而这些资源大部是优良的美好的，你只念杜甫，你不会中毒；你只念李义山就糟了，你会中毒的，所以李义山只是二等诗人了。陶渊明的诗是美的，我以为他诗里的资源是类乎珍宝一样的东西，美丽而不有用，是则陶渊明应在杜甫之下。

所以，我们需要懂得人生，懂得诗，懂得什么是效率，懂得什么是价值的批评家为我们制造工具，编制选本。但是，谁是批评家呢？我不知道。

电影是不是艺术？

电影是不是艺术？为什么要发这个疑问？因为电影是现在最通行，最有势力的娱乐品，但是正当的，适合的娱乐品必出于艺术；电影若是艺术，便没有问题，若不是，老实讲，便当请他让贤引退，将娱乐底职权交给艺术执行。

许多人以为娱乐便是娱乐，可乐的东西，我们便可取以自娱，何必"吹毛求疵"，自寻缰锁呢？快乐生于自由；假若处处都是约束，"投鼠忌器"，那还有什么快乐呢？这种哲学只有一个毛病，就是尽照这样讲来，那"章台走马，陌巷寻花"也可以餍我们的兽欲，给我们一点最普通可是最下等的快乐呢。

我不反对求快乐，其实我深信生活底唯一目的只是快乐。但求快乐底方法不同，禽兽底快乐同人底快乐不一样，野蛮人或原始人底快乐同开化人底快乐不一样。在一个人身上，口鼻底快乐不如耳目底快乐，耳目底快乐又不如心灵底快乐。艺术底快乐虽以耳目为作用，但是心灵的快乐，是最高的快乐，人类独有的快乐。（参看本期光旦君底《清华电影和今后的娱乐》。）

人是一个社会的动物，我们一举一动，不能同我们的同类没有关系。所以我们讲快乐，不能不顾及这个快乐是否有害别人——同时的或后裔。这种顾虑，常人谓为约束，实在就是我们的未来的快乐底保险器。比如盗贼奸淫，未尝不是作者本人底快乐，但同时又是别人的痛苦；这种快乐因为他们是利一害百的，所以有国家底法纲、社会底裁制同良心底谴责随其后。这样，"今日盗贼奸淫之快感预为明日刑罚裁制之苦感所打消矣"，所以就没有快乐了。但是艺术是精神的快乐；肉体与肉体才有冲突，精神与精神万无冲突，所以艺术底快乐是不会起冲突的，即不会妨害别人的快乐的，所以是真实的、永久的快乐。

我们研究电影是不是艺术底本旨，就是要知道他所供给的是那一种的快乐，真实的或虚伪的，永久的或暂时的。抱"得过且过"底主义的人往往被虚伪的、暂时的快乐所欺骗，而反笑深察远虑的人为多事，这是很不幸的事。社会学家颉德（Kidd）讲现在服从将来是文明进化底原理。我们求快乐不应抱"得过且过"底主义，正因他有碍文明底进化。有人疑我们受了"非礼勿视"底道学底毒，才攻击电影，恐怕太浅见了罢？

电影到底是不是艺术？普通一般人都说是的。他们大概是惑于电影底类似艺术之点，那就是戏剧的原质同图画的原质。电影底演习底过程很近哑戏（Pantomine），但以他的空间的原质论，又是许多的摄影，摄影又很象图画。这便是他的"鱼目混珠"底可能性。许多人没有剖析他的内容底真相，竟错认他为艺术，便是托尔斯泰（Tolstoy），林赛（Vachel Lindsay），侯勾（Hugo），弥恩斯特伯（Munsterberg）那样有学问的人，也不免这种谬误。我们切不可因为他们的声望，瞎着眼附和。

我们有三层理由可以证明电影决不是艺术：一、机械的基础、二、营业的目的、三、非艺术的组织。

我们知道艺术与机械是象冰炭一样的，所以艺术最忌的是机械的原质。电影起于摄影的机械底发明，他的出身就是机械；他永久脱离不了机械底管辖。编戏的得服从机械底条件去编戏，演戏的得想怎样做去才能照出好影片来，布景的也得将就照相器底能率，没有一部分能够自由地发挥他的技能同理想。电影已经被机械收为奴隶了，他自身没有自由，他屡次想跳出他的监牢，归服艺术界，但是屡次失败。可怜的卜拉帝（William A. Brady，美国全国电影营业公会会长）已经正式宣布了电影底改良只能依靠照相器底进步，不能企望戏剧底大著作家或演习家。

电影底营业的目的是人人公认的。营业的人只有求利底欲望，那能顾到什么理想？他们的唯一目的就是迎合底心理——这个心理是于社会有益的或是有害的，他们管不着。凶猛的野兽练得分外地凶猛，要把戏的耍出比寻常十倍地危险的把戏，火车故意叫他们碰头，出轨，摩托车让他们对崖墙撞，烈马不要命地往水里钻，——这些惊心怵目的，豢养人类底占有的冲动的千奇百怪是干什么的？无原无故地一个妖艳的少妇跳上屏风来，皱着眉头叹气，掉眼泪，一回儿又捧着腮儿望你丢眼角，忽然又张嘴大笑，丑态百出，闹了一大顿，是为什么的？这种结构有什么用意？这种做派是怎样地高妙？他们除了激起你的一种剧烈的惊骇，或挑动你的一种无谓的，浪漫的兴趣，还能引起什么美感吗？唉！这些无非是骗钱的手段罢了。艺术假若是可以做买卖的，艺术也太没有价值了。

前面已讲过电影有两个类似艺术之点，就是戏剧的原质同图画的原质。要证明他是假冒的戏剧而非真戏剧，需从三处下手：一结构，二演习，三台装。关于结构的非艺术之点有六：

一、过度的写实性。现代艺术底趋势渐就象征而避写实。自从摄影术发达了，就产生了具形艺术界底未来派、立方派同前印象派，于是艺术界渐渐发觉了他们的真精神底所在，而艺术底位置也渐渐显得超绝一切，高不可攀了。戏剧与电影正同绘画与摄影一样的。电影发明了，越加把戏剧底地位抬高了。电影底本领只在写实，而写实主义正是现代的艺术所唾弃的。现代的艺术底精神在提示，在象征。"把几千人马露在战场上或在一个地震、灾荒底扰乱之中，电影以为他得了写实底原质，不晓得群众已失了那提示底玄秘的意味。理想的戏剧底妙处就是那借提示所引起的感情的幻想。一个从提示里变出的理想比从逼真的事实里显出的总是更深入些。在这人物纷纭的一幅景里，我们看着的只有个个的人形罢了，至于那作者底理想完全是领会不到的，因为许多的印象挤在我们脑筋里，已经把我们的思想弄乱了。"这便是过分的写实底毛病，而电影反以为得意，真是不值识者一笑。

二、过度的客观性。客观与写实本有连带的关系，艺术家过求写实，就顾不到自己的理想，没有理想就失了个性，而个性是艺术底神髓，没有个性就没有艺术。"图画戏（指电影）讲到表现客观的生命，他的位置本很高，但照他现在的情形推测，永远不能走进灵魂底主观的世界。客观的同主观的世界是一样地真实，但对于戏剧不是一样地重要。戏剧，伟大的戏剧底唯一的要素是'冲突中的人类的个性'。灵魂底竞争怎能用哑戏描写得完备呢。感情，或者深挚的肉体的感情能用面貌，姿势表现出

来，但是讲到描写冲突，言语同他的丰富的提示底帮助是不可少的。"电影完全缺少语言底质素，当然于主观的个性底冲突无法描写了。

三、过分的长度。科伦比亚大学影戏部主讲，福利伯博士（Dr. Victor Freeburg）讲："理想的影戏应该从三卷到十卷长。为什么我们必定五千尺为我们一切的影片底正当的长度？影片底长度应该依他的故事底内部的价值为标准。譬如，我们要叫裴图芬（Beethoven）一个月做一阕琴乐，并且每阕限定二十一页长，或是请一个诗家做诗每首要七十九行，那不是一个笑话吗？但是我们现在对于电影便是这样的。"很多片子若仅有他的一段倒是很好的情节，但不知道为什么要故意把他压扁了，拉长了，再不够，又硬添上许多段数，反弄到他的结果又平淡，又冗长，又不连贯，一点精采也没有？我们这里演过的 Brass Bullet，Hooded Terror 等都属这类的。

四、过分的速度。这层一半是他的机械的原质底关系，一半是脚本底结构底关系。卜拉帝讲因为他的（电影底）深度不够，"他的动作只能表现作者原有的感情底一半，要把这个缺点遮盖起来，使观者忘却他们所见的只是人世底一个模糊影响的表现，就不得不把许多的事实快快地堆积起来。"我们看电影里往往一个主角底一生塞满了情绪的或肉体的千磨万劫，一波未平，一波又起。我们若想象我们的生命如果也是如此，恐怕我们要活不长了。"理想的感情底条件与自然底无形的情绪而并长。"我们从来没有看见一株树忽然从一粒种子里跳出来，我们也从来没有看见太阳在他的轨道上绕着地球转底二十四点钟底速度。一切的艺术必须合乎自然底规律，才能动人。

　　大概长于量就不能精于质，顾了速度就只有面积没有深度。质既不能精，又不能深，如何能够感人呢？葛司武西（John Galsworthy）关于这点讲得最恳切详明，"影片在很短的时间里包罗了很广的生命底面积；但是他的方法是平的，并且是没有血的，照我的经验，在艺术里不论多少面积同量从来不能弥补深度同质底缺耗。"

　　五、缺少灵魂。我们看见"灵魂"这两字，便知道这样东西底价值了。人若没有灵魂，算得了人吗？"艺术比较的不重在所以发表的方法或形式，而在所内涵的思想和精神。"这种内涵的思想和精神便是艺术底灵魂。灵魂既是一件抽象的东西，我们又不能分析一幅幅的影片以考察他们的灵魂底存在与否，我们只好再援引一个有主权的作家底意见来作断语。美诗人霍韦尔司（Howells）讲这个"黑艺术"做什么都可以，除却"调合风味，慰藉心灵"。他不敢相信电影永久能不能"得着一个灵魂"。

　　我们再看电影底灵魂是怎么失掉的呢。"艺术品的灵魂实在便是艺术作者的灵魂。作者的灵魂留着污点，他所发表的艺术亦然不能免相当的表现。艺术作者若是没有正当的人生观念，以培养他的灵魂，自然他所发表的或是红男绿女的小说，或是牛鬼蛇神的笔记，或是放浪形骸的绘画，或是提倡迷信的戏剧，再也够不上说什么高洁的内容了。"捷斯特登（Chesterton）把电影比作欧洲二十世纪底"毛钱小说"（Dime Novels）同"黎克惟"（Nickel Shockers）底替身，实在是很正确、恰当的比喻。李德（William Marion Reedy）在他的《何以影戏中没有艺术底希望》

里告诉我们,就是那些脚本底作家也得到公司底办事处里办公。他们得遵着总理底指挥去盗袭别人的曾受欢迎的著述底资料,七揍八凑,来拼成他们的作品。我们试想这样地制造艺术还能产出有价值的结果吗?无怪捷斯特登又骂道:"随便那一个深思的人到过五六次电影园的,一定知道那种的工具底危险的限制,知道普通影戏底完全缺乏知识工质素同平均,实在完全缺乏一切使最好的言语戏成为那样优尚的东西的原素,除却那些能用躯体的动作,同默静的手势同面貌底表现法。——质言之,用那些能指入照片的戏剧的原素的神速的感情的激动。多数的人总满足于陈腐的,浅显的,沈淡的,满足于蠢野的趣剧同令人发笑的感情戏;这些东西完全不合于人生,浮夸而偏于感情……"

六、缺少语言底原质。以上五部理由或关于电影底构造,或关于电影底精神,拿他们来证明电影不是艺术当然没有疑问,若以缺语言底原质来攻击电影,似乎不大公平,因为有没有语言是艺术底材料,我们不能因为电影没有采用这一种材料,就不准他称艺术。不过,电影总逃不掉戏剧、图画二种艺术底范围,或者有少数人把他归到图画类,不过多数人都承认他是戏剧。戏剧底最紧要的一部分是语言,电影既没有语言算不了戏剧。卜拉帝又讲过,"人类底常识感情再没有比声音更重要的,电影底没有声音,就是他的最大的困难"。因为"一个人或妇人在经历一个感情的极处的时候有一种表明他们对于生命的忠诚的音乐,在这些声音底调子里有一种无线电的交通,电影不能利用这种能力,所以感人不深"。黑哲司(H·M·Hedges)也提到这层,他说"所以图画戏不能成为生命底完全的表现,因为他失掉了那个最富于艺术性的助擘——声音的言语"。

电影底结构已经证明是非艺术的了。现在再看他的演习何如。有一个观念我们要始终存在脑筋里，就是我们现在对于电影的批评是拿戏剧作比较的。卜拉帝自己讲电影底演家都是第二流的角色。前面讲了语言是戏剧中重要部分，而演电影的角色不是没有嗓子的就是不会讲话的，这种人材是被戏园淘汰了而投身电影界的。他们的演习又处处受摄影器底限制牵累，无怪电影底演习永远不能象舞台戏那样有声有色，引人入胜。

萧伯讷（Bernard Shaw）一方面承认电影于"人类底伟大的思想与伟大的才智底高等的发泄，诗词与预言底发泄"，是万万不能同戏剧比肩的，但是一方面又称赞电影底演习底快乐，道："再想那野外的演习那像那幽黯森冷的戏场！想那跃马康庄，投身急流，鼓棹咸浪之中，翔机九霄之外——这些快乐，只要他们（演家）不如是地急于出世，都在他们掌握之中！"我们应知道在这里只讲演家底痛快，并没有论到戏剧底艺术底结果。演家一到贪嗜快乐，艺术非受影响不可。

关于电影底台装同戏剧底台装底比较，我们又要引到卜拉帝底话了。他讲："光线底美，舞台底产品底紧要部分在电影里变成一个纯粹的机械底事。把影片染成月色，夕阳，风暴同火光，我们便完全失了调制底力量，但戏台上便不然。为戏剧的理想底普通的目的起见，舞台底光比白昼底明显的日光，总格外好看得多，并且激动感情更为深切。"总而言之，电影所得的是真实，而艺术所求的是象征，提示与含蓄是艺术中最不可少的两个元素，而电影完全缺乏。所以电影底不能成艺术是万无疑义的。

或者有人疑电影应列入绘画艺术里，这一层很容易辩驳。影片是摄影底变形，摄影不能算艺术，影戏如何能算艺术呢？李德讲无论那种图画（文学的描写也在内），应有这三种能力：能增加生活底兴趣，能增加预察详辨环境变态底能力，同能增加捉摸与鉴赏想象底能力。但是电影，据他讲，于这些能力完全乏少。这可算是证明电影不是图画艺术底最精深的解说。

我们既证明了电影不是戏剧艺术，又不是图画艺术；他当然算不得音乐，诗歌，小说，雕刻，建筑。艺术只有这几种，电影既不是这，又不是那，难道电影能独树一帜，成一种新艺术吗？前面已经证明了他的基础是机械的，他的性质是营业的，这两样东西完全是艺术底仇敌。所以总结一句，这位滥竽于艺术界的南郭先生，实在应当立刻斥退。

电影虽不是艺术，但还是很有存在，发展底价值。葛司武西讲："影片若就一个描写各种的生命底方法论，倒是很有深趣与极大的教育的价值。"李德也讲："电影底将来是教育的。"（参观上期吴泽霖君底《电影与教育》。）电影底存在是以教育的资格存在，电影底发展是在教育底范围里发展。教育一日不灭亡，即电影一日不灭亡。

电影不是艺术。但是一方面我们看电影时往往能得一种半真半假的艺术的趣味，那是不能否认的。实在不是这一点半真半假的艺术的趣味，电影也没有这样好看。一个巷娃里女本没有西施、王嫱底姿容，但穿上西、王底装束，再佐以脂粉香泽，在村夫俗子底眼里便成天使了。个个巷娃里女不是西施、王嫱，但是个个有用脂粉香泽，穿西、王底装束——"西王化"底权利。电影底本质不是艺术，但有"艺术化"底权利，因为世界上一切的东西都应该"艺术化"，电影何独不该有这权利呢？至于电影现在已经稍稍受了点艺术化这个事到是我们不应一笔抹煞的。不过因为他刚受了一点艺术化，就要越俎代庖，擅离教育的职守而执行娱乐的司务，那是我们万万不准的！

《女神》之时代精神

若讲新诗,郭沫若君底诗才配称新呢,不独艺术上他的作品与旧诗词相去最远,最要紧的是他的精神完全是时代的精神——二十世纪底时代的精神。有人讲文艺作品是时代底产儿。《女神》真不愧为时代底一个肖子。

(一)二十世纪是个动的世纪。这种的精神映射于《女神》中最为明显。《笔立山头展望》最是一个好例——

> 大都会底脉搏呀!
> 生底鼓动呀!
> 打着在,吹着在,叫着在,……
> 喷着在,飞着在,跳着在……
> 四面的天郊烟幕蒙笼了!
> 我的心脏呀,快要跳出口来了!
> 哦哦,山岳底波涛,瓦屋底波涛,
> 涌着在,涌着在,涌着在,涌着在呀!
> 万籁共鸣的symphony,
> 自然与人生底婚礼呀!
> …………

恐怕没有别的东西比火车底飞跑同轮船底鼓进(阅《新生》

与《笔立山头展望》）再能叫出郭君心里那种压不平的活动之欲罢？再看这一段供招——

  今天天气甚好，火车在青翠的田畴中急行，好像个勇猛沉毅的少年向着希望弥满的前途努力奋迈的一般。飞！飞！一切青翠的生命，灿烂的光波在我们眼前飞舞。飞！飞！飞！我的自我融化在这个磅礴雄浑的Rhythm中去了！我同火车全体，大自然全体，完全合而为一了！我凭着车窗望着旋回飞舞着的自然，听着车轮鞺鞳的进行调，痛快！痛快！……

——《与宗白华书》（《三叶集》一三八）

这种动的本能是近代文明一切的事业之母，他是近代文明之细胞核。郭沫若底这种特质使他根本上异于我国往古之诗人。比之陶潜之——

  结庐在人境，而无车马喧：

一则极端之动，一则极端之静，静到——

  心远地自偏，

隐遁遂成一个赘疣的手续了，——于是白居易可以高唱着——

  大隐隐于市，

苏轼也可以笑那——

北山猿鹤漫移文。

（二）二十世纪是个反抗的世纪。"自由"底伸张给了我们一个对待威权的利器，因此革命流血成了现代文明底一个特色了。《女神》中这种精神更了如指掌。只看《匪徒颂》里的一些。——

一切……革命底匪徒们呀
万岁！万岁！万岁！

那是何等激越的精神，直要骇得金脸的尊者在宝座上发抖了哦。《胜利的死》真是血与泪的结晶；拜轮，康沫尔底灵火又在我们的诗人底胸中烧着了！

你暗淡无光的月轮哟！我希望我们这阴莽莽的地球，在这一刹那间，早早同你一样冰化！

啊！这又是何等地疾愤！何等地悲哀！何等地沉痛！——

汪洋的大海正在唱着他悲壮的哀歌，
穹隆无际的青天已经哭红了他的脸面，
远远的西方，太阳沉没了！——
悲壮的死哟！金光灿烂的死哟！凯旋同等的死！胜利的死哟！
兼爱无私的死神！我感谢你哟！你把我敬爱无暨的马克司威尼早早救了！
自由底战士，马克司威尼，你表示出我们人类意志底权威如此伟大！

我感谢你呀！赞美你呀！"自由"从此不死了！
夜幕闭了后的月轮哟！何等光明呀！

（三）《女神》底诗人本是一位医学专家。《女神》里富于科学底成分也是无足怪的。况且真艺术与真科学本是携手进行的呢。然而这里又可以见出《女神》里的近代精神了。略微举几个例——

你去，去寻那与我的振动数相同的人；
你去！去寻那与我的燃烧点相等的人。
——《序诗》

否，否。不然！是地球在自转，公转，
——《金字塔》

我是X光线底光，
我是全宇宙底energy底总量！
——《天狗》

我想我的前身，
原本是有用的栋梁，
我活埋在地底多年，
到今朝才得重见天光。
——《炉中煤》

你暗淡无光的月轮哟！……早早同你一样冰化！
——《胜利的死》

至于这些子像

我要把我的声带唱破，
——《梅花树下醉歌》

我的一枝枝的神经纤维在身中战栗，

——《夜步十里松原》

  还有散见于集中的许多人体上的名词如脑筋，脊髓，血液，呼吸……更完完全全是一个西洋的Doctor底口吻了。上举各例还不过诗中所运用之科学知识，见于形式上的。至于那讴歌机械底地方更当发源于一种内在的科学精神。在我们的诗人底眼里，轮船底烟筒开着了黑色的牡丹是"近代文明底严母"，太阳是亚波罗坐的摩托车前的明灯；诗人底心同太阳是"一座公司底电灯"；云日更迭的掩映是同探海灯转着一样；火车底飞跑同于"勇猛沉毅的少年"之努力，在他眼里机械已不是一些无生的物具，是有意识有生机如同人神一样。机械底丑恶性已被忽略了；在幻象同感情底魔术之下他已穿上美丽的衣裳了呢。

  这种技俩恐怕非一个以科学家兼诗人者不辨。因为先要解透了科学，亲近了科学，跟他有了同情，然后才能驯服他于艺术底指挥之下。

  （四）科学底发达使交通底器械将全世界人类底相互关系捆得更紧了。因有史以来世界之大同的色彩没有像今日这样鲜明的。郭沫若底《晨安》便是这种Cosmopolitanism底证据了。《匪徒颂》也有同样的原质，但不是那样明显。即如《女神》全集中所用的方言也就有四种了。他所称引的民族，有黄人，有白人，还有"有火一样的心肠"的黑奴。他所运用的地名散满于亚美欧非四大洲。原来这种在西洋文学里不算什么。但同我们的新文学比起来，才见得是个稀少的原质，同我们的旧文学比起来更不用讲是破天荒了。啊！诗人不肯限于国界，却要做世界底一员了；

他遂喊道——

晨安！梳人灵魂的晨风呀！
晨风呀！你请把我的声音传到四方去罢！

——《晨安》

（五）物质文明底结果便是绝望与消极。然而人类底灵魂究竟没有死，在这绝望与消极之中又时时忘不了一种挣扎抖擞底动作。二十世纪是个悲哀与奋兴底世纪。二十世纪是黑暗的世界，但这黑暗是先导黎明的黑暗。二十世纪是死的世界，但这死是预言更生的死。这样便是二十世纪，尤其是二十世纪底中国。

流不尽的眼泪洗不净的污浊，
浇不熄的情炎，荡不去的羞辱，

——《凤凰涅槃》

不是这位诗人独有的，乃是有生之伦，尤其是青年们所同有的。但别处的青年虽一样地富有眼泪，污浊，情炎，羞辱，恐怕他们自己觉得并不十分真切。只有现在的中国青年——"五四"后之中国青年，他们的烦恼悲哀真像火一样烧着，潮一样涌着，他们觉得这"冷酷如铁""黑暗如漆""腥秽如血"的宇宙真一秒钟也羁留不得了。他们厌这世界，也厌他们自己。于是急躁者归于自杀，忍耐者力图革新。革新者又觉得意志总敌不住冲动，则抖擞起来，又跌倒下去了。但是他们太溺爱生活了，爱他的甜处，也爱他的辣处。他们决不肯脱逃，也不肯降服。他们的心里只塞满了叫不出的苦，喊不尽的哀。他们的心快塞破了，忽地一

个人用海涛底音调，雷霆底声响替他们全盘唱出来了。这个人便是郭沫若，他所唱的就是《女神》。难怪个个中国青年读《女神》没有不椎膺顿足同《湘累》里的屈原同声叫道——

  哦，好悲切的歌词！唱得我也流起泪来了。
  流罢！流罢！我生命底泉呀！你一流出来，
  好像把我全身底烈水都浇息了的一样。
  ……你这不可思议的内在的灵泉，你又把我苏活转来了！

啊！现代的青年是血与泪的青年，忏悔与奋兴的青年。《女神》是血与泪的诗，忏悔与奋兴的诗。田汉君在给《女神》之作者的信讲得对："与其说你有诗才，无宁说你有诗魂，因为你的诗首首都是你的血，你的泪，你的自叙传，你的忏悔录啊！"但是丹穴山上底香木不只焚毁了诗人底旧形体，并连现时一切的青年底形骸都毁掉了。凤凰底涅槃是诗人与一切的青年底涅槃。凤凰不是唱道？——

  我们更生了！
  我们更生了！
  一切的一更生了！
  一的一切更生了！
  我们便是他，他们便是我！
  我中也有你，你中也有我！
  我便是你
  你便是我！

奇怪得很，北社编的《新诗年选》偏取了《死的引诱》作《女神》底代表之一。他们非但不懂读诗，并且不会观人。《女神》底作者岂是那样软弱的消极者吗？

> 你去！去在我可爱的青年的兄弟姊妹胸中，
> 把他们的心弦拨动，
> 把他们的智光点燃罢！
>
> ——《序诗》

假若《女神》里尽是《死的引诱》一类的东西，恐怕兄弟姊妹底心弦都被他割断，智光都被他扑灭了呢！

原来蹈恶犯罪是人之常情。人不怕有罪恶，只怕有罪恶而甘于罪恶，那便终古沉沦于死亡之渊里了。人类底价值在能忏悔，能革新。世界底文化亦不过由这一点动机发生的。忏悔是美德中最美的，他是一切的光明底源头，他是尺蠖的灵魂渴求展伸底表象。

> 唉！泥上的脚印！
> 你好象是我灵魂儿的象征！
> 你自陷了泥涂，
> 你自会受人踩蹦！
> 唉，我的灵魂，
> 你快登上山顶！
>
> ——《登临》

所以在这里我们的诗人不独喊出人人心中底热情来，而且喊出人人心中最神圣的一种热情呢！

《女神》之地方色彩

现在的一般新诗人——新是作时髦解的新——似乎有一种欧化底狂癖，他们的创造中国新诗底鹄的，原来就是要把新诗做成完全的西文诗（有位作者曾在《诗》里讲道他所谓后期底作品"已与以前不同而和西洋诗相似"，他认为这是新诗底一步进程，……是件可喜的事）。《女神》不独形式十分欧化，而且精神也十分欧化的了。《女神》当然在一般人底眼光里要算新诗进化期中已臻成熟的作品了。

但是我从头到今，对于新诗底意义似乎有些不同。我总以为新诗径直是"新"的，不但新于中国固有的诗，而且新于西方固有的诗；换言之，他不要做纯粹的本地诗，但还要保存本地的色彩，他不要做纯粹的外洋诗，但又要尽量地吸收外洋诗底长处；他要做中西艺术结婚后产生的宁馨儿。我以为诗同一切的艺术应是时代底经线，同地方底纬线所编织成的一匹锦；因为艺术不管他是生活底批评也好，是生命底表现也好，总是从生命产生出来的，而生命又不过时间与空间两个东西底势力所遗下的脚印罢了。在寻常的方言中有"时代精神"同"地方色彩"两个名词，艺术家又常讲自创力Originality，各作家有各作家底时代与地方，各团体有各团体底时代与地方，各不皆同；这样自创力自然有发生底可能了。我们的新诗人若时时不忘我们的"今时"同我们的"此地",我们自会有了自创力,我们的作品自既不同于今日以前的旧艺术,又不同于中国以外的洋艺术。这个然后才是我们翘望默祷的新艺术了!

我们的旧诗大体上看来太没有时代精神的变化了。从唐朝起我们的诗发育到成年时期了,以后便似乎不大肯长了,直到这回革命以前,诗底形式同精神还差不多是当初那个老模样(**词曲同诗相去实不甚远,现行的新诗却大不同了**)。不独艺术为然,我们的文化底全体也是这样,好象吃了长生不老的金丹似的。新思潮底波动便是我们需求时代精神底觉悟。于是一变而矫枉过正,到了如今,一味地时髦是骛,似乎又把"此地"两字忘到踪影不见了。现在的新诗中有的是"德谟克拉西",有的是泰果尔,亚坡罗,有的是"心弦""洗礼"等洋名词。但是,我们的中国在那里?我们四千年的华胄在那里?那里是我们的大江,黄河,昆仑,泰山,洞庭,西子?又那里是我们的《三百篇》《楚骚》,李,杜,苏,陆?《女神》关于这一点还不算罪大恶极,但多半的时候在他的抒情的诸作里他并不强似别人。

《女神》中所用的典故,西方的比中国的多多了,例如Apollo, Venus, Cupid, Bacchus, Prometheus, Hygeia……是属于神话的;其余属于历史的更不胜枚举了。《女神》中底西洋的事物名词处处都是,数都不知从那里数起。《凤凰涅槃》底凤凰是天方国底"菲尼克司",并非中华的凤凰。诗人观画观的是Millet底Shepherdess,赞像赞的是Beethoven底像。他所羡慕的工人是炭坑里的工人,不是人力车夫。他听到鸡声,不想着笙簧底

律吕而想着Orchestra底音乐。地球底自转公转，在他看来，"就好像一个跳舞着的女郎"，太阳又"同那月桂冠儿一样"。他的心思分驰时，他又"好像个受着磔刑的耶稣"。他又说他的胸中像个黑奴。当然《女神》产生的时候，作者是在一个盲从欧化的日本，他的环境当然差不多是西洋的环境，而且他读的书又是西洋的书；无怪他所见闻，所想念的都是西洋的东西。但我还以为这是一个非常的例子，差不多是个畸形的情况。若我在郭君底地位，我定要用一种非常的态度去应付，节制这种非常的情况。那便是我要时时刻刻想着我是个中国人，我要做新诗，但是中国的新诗，我并不要做个西洋人说中国话，也不要人们误会我的作品是翻译的西文诗；那末我著作时，庶不致这样随便了。郭君是个不相信"做"诗的人；我也不相信没有得着诗的灵感者就可以从揉炼字句中作出好诗来。但郭君这种过于欧化的毛病也许就是太不"做"诗底结果。选择是创造艺术底程序中最紧要的一层手续，自然的不都是美的；美不是现成的。其实没有选择便没有艺术，因为那样便无以鉴别美丑了。

《女神》还有一个最明显的缺憾那便是诗中夹用可以不用的西洋文字了。《雪朝》《演奏会上》两首诗径直是中英合璧了。我以为很多的英文字实没有用原文底必要。如 Pantheism，Rhythm，energy，Disillusion，Orchestra，Pioneer 都不是完全不能翻译的，并且有的在本集中他处已经用过译文的。实在很多次数，他用原文，并非因意义不能翻译底关系，乃因音节关系，例如——

"我是全宇宙底 Energy 底总量！"

像这种地方的的确确是兴会到了，信口而出，到了那地方似乎为音节底圆满起见,一个单音是不够的,于是就以"恩勒结"(Energy)三个音代"力"底一个音。无论作者有意地欧化诗体,或无意地失于检点,这总是有点讲不太过去的。这虽是小地方,但一个成熟的艺术家,自有余裕的精力顾到这里,以谋其作品之完美。所以我的批评也许不算过分罢?

我前面提到《女神》之薄于地方色彩底原因是在其作者所居的环境。但环境从来没有对于艺术产品之性质负过完全责任,因为单是环境不能产生艺术。所以我想日本底环境固应对《女神》之内容负一份责任,但此外定还有别的关系。这个关系我疑心或就是《女神》之作者对于中国文化之隔膜。我们在前篇已看到《女神》怎样富于近代精神。近代精神——即西方文化——不幸得很,是同我国的文化根本地背道而驰的;所以一个人醉心于前者定不能对于后者有十分的同情与了解。《女神》底作者,这样看来,定不是对于我国文化真能了解,深表同情者。我们看他回到上海,他只看见——

游闲的尸,淫嚣的肉,长的男袍,短的女袖,满目都是骷髅,满街都是灵柩,乱闯,乱走,

其实他那知道"满目骷髅""满街灵柩"的上海实在就是西方文化遗下的罪孽?受了西方底毒的上海其实又何异于受了西方底毒的东京,横滨,长崎,神户呢?不过这些日本都市受毒受的更彻底一点罢了。但是这一段闲话是节外生枝,我的本意是要指出《女神》底作者对于中国,只看见他的坏处,看不见他的好处。他并不是不爱中国,而他确是不爱中国底文化。我个人同《女

神》底作者底态度不同之处是在：我爱中国固因他是我的祖国，而尤因他是有他那种可敬爱的文化的国家；《女神》之作者爱中国，只因他是他的祖国，因为是他的祖国，便有那种不能引他的敬爱的文化，他还是爱他。爱祖国是情绪底事，爱文化是理智底事。一般所提倡的爱国专有情绪的爱就够了；所以没有理智的爱并不足以诟病一个爱国之士。但是我们现在讨论的另是一个问题，是理智上爱国之文化底问题。（或精辨之，这种不当称爱慕而当称鉴赏。）

爱国底情绪见于《女神》中的次数极多，比别人的集中都多些。《棠棣之花》《炉中煤》《晨安》《浴海》《黄浦江口》，都可以作证。但是他鉴赏中国文化底地方少极了，而且不彻底，在《巨炮之教训》里他借托尔斯泰底口气说道——

我爱你是中国人。我爱你们中国的墨与老。

在《西湖纪游》里他又称赞——

那几个肃静的西人一心在勘校原稿。

但是既真爱老子为什么又要作"飞奔""狂叫""燃烧"的天狗呢？为什么又要吼着——

啊啊！不断的毁坏，不断的创造，不断的努力哟！

——《立在地球边上放号》

> 我崇拜创造底精神，崇拜力，崇拜血，崇拜心脏；我崇拜炸弹，崇拜悲哀，崇拜破坏；
> ——《我是个偶像崇拜者》
>
> 我要看你"自我"底爆裂开出血红的花来哟！
> ——《新阳关三叠》

我不知道他的到底是个什么主张。但我只觉得他喊着创造，破坏，反抗，奋斗的声音，比——

> 倡道慈，俭，不敢先底三宝

底声音大多了，所以我就决定他的精神还是西方的精神。再者他所歌讴的东方人物如屈原，聂政，聂嫈，都带几分西方人底色彩。他爱庄子是为他的泛神论，而非为他的全套的出世哲学。他所爱的老子恐怕只是托尔斯泰所爱的老子。墨子底学说本来很富于西方的成分，难怪他也不反对。

《女神》底作者既这样富于西方的激动底精神，他对于东方的恬静底美当然不大能领略。《密桑索罗普之夜歌》是个特别而且奇怪的例外。《西湖纪游》不过是自然美之鉴赏。这种鉴赏同鉴赏太宰府，十里松原底自然美，没有什么分别。

有人提倡什么世界文学。那么不顾地方色彩的文学就当有了托辞了吗？但这件事能不能是个问题，宜不宜又是个问题。将世界各民族底文学都归成一样的，恐怕文学要失去好多的美。一样颜色画不成一幅完全的画，因为色彩是绘画底一样要素。

将各种文学并成一种，便等于将各种颜色合成一种黑色，画出一张Sketch来。我不知道一幅彩画同一幅单色的Sketch比，那样美观些。西谚曰"变化是生活底香料"。真要建设一个好的世界文学，只有各国文学充分发展其地方色彩，同时又贯以一种共同的时代精神，然后并而观之，各种色料虽互相差异，却又互相调和。这便正符那条艺术底金科玉臬"变异中之一律"了。

以上我所批评《女神》之处，非特《女神》为然，当今诗坛之名将莫不皆然，只是程度各有深浅罢了。若求纠正这种毛病，我以为一桩，当恢复我们对于旧文学底信仰，因为我们不能开天辟地（事实与理论上是万不可能的），我们只能够并且应当在旧的基石上建设新的房屋。二桩，我们更应了解我们东方的文化。东方的文化是绝对地美的，是韵雅的。东方的文化而且又是人类所有的最彻底的文化。哦！我们不要被叫嚣犷野的西人吓倒了！

　　东方的魂哟！
　　雍容温厚的东方的魂哟！
　　不在檀香炉上袅袅的轻烟里了，
　　虔祷的人们还膜拜些什么？
　　东方的魂哟！
　　通灵洁澈的东方的魂哟！
　　不在幽篁的疏影里了，
　　虔祷的人们还供奉着些什么？

——梁实秋

泰果尔批评

听说Sir Rabindranath Tagore快到中国来了。这样一位有名的客人来光临我们,我们当然是欢迎不暇的了。我对客人来表示了欢迎之后,却有几句话要向我们自己——特别是我们的文学界——讲一讲。

无论怎样成功的艺术家,有他的长处,必有他的短处。泰果尔也逃不出这条公例。所以我们研究他的时候,应该知所取舍。我们要的是明察的鉴赏,不是盲目的崇拜。

哲理本不宜入诗,哲理诗之难于成为上等的文艺正因这个缘故。许多的人都在这上头失败了。泰果尔也曾拿起Ulysses底大弓尝试了一番,他也终于没有弯得过来。国内最流行的《飞鸟》,作者本来就没有把他当诗做;(这一部格言,语录和"寸铁诗"是他游历美国时写下的。Philadelphia Public Ledger底记者只说"从一方面讲这些飞鸟是些微小的散文诗",因为他们暗示日本诗底短小与轻脆。)我们姑且不必论他。便是那赢得诺贝奖的《偈檀迦利》和那同样著名的《采果》,其中也有一部分是诗人理智中的一些概念还不曾通过情感的觉识。这里头确乎没有诗。谁能把这些哲言看懂了,他所得的不过是猜中了灯谜底胜利的欢乐,决非审美的愉快。这一类的千熬百炼的哲理的金丹正是诗人自己所谓——ife's harvest mellows into golden wisdom。然而诗家底主人是情绪，智慧是一位不速之客，无须拒绝，也不必强留。至于喧宾夺主却是万万行不得的！

《偈檀迦利》同《采果》里又有一部分是平凡的祷词。我不怀疑诗人祈祷时候的心境最近于Ecstacy，Ecstacy是情感底最高潮，然而我不能承认这些是好诗。推其理由，也极浅鲜。诗人与万有冥交的时候，已经先要摆脱现象，忘弃肉体之存在，而泯没其自我于虚无之中。这种时候，一切都没有了，那里还有言语，更那里还有诗呢？诗人在别处已说透了这一层秘密——他说在上帝底面前他的心灵vainly struggles for a voice。从来赞美诗（Hymns）中少有佳作，正因作者要在"入定"期中说话；首先这种态度就不诚实了，讲出的话，怎能感人呢？若择定在准备"入定"之前期或回忆"入定"之后期为诗中之时间，而以现象界为其背景，那便好说话了，因为那样才有说话底余地。

泰果尔底文艺底最大的缺憾是没有把捉到现实。文学是生命底表现，便是形而上的诗也不外此例。普遍性是文学底要质而生活中的经验是最普遍的东西，所以文学底宫殿必须建在生命底基石上。形而上学惟其离生活远，要他成为好的文学，越发不能不用生活中的经验去表现。形而上的诗人若没有将现实好好地把捉住，他的诗人的资格恐怕要自行剥夺了。

印度的思想本是否定生活的，严格讲来，不宜于艺术底发展。泰果尔因为受了西文化底陶染，他的思想已经不是标类的印度思想了。他曾宣言了——Deliverance is not for me in renunciation；然而西方思想究竟只是在浮面上黏贴着，印度的根性依然藏伏在里边不曾损坏。他怀慕死亡的时候，究竟比歌讴生命的时候多些。从他的艺术上看来，他在这世界里果然是一个生疏的旅客。他的言语，充满了抽象的字样，是另一个世界底方言，不像我们这地球上的土语。他似乎不大认识我们的环境与风俗，因为他提到这些东西的时候，只是些肤浅的观察，而且他的意义总是难得捉摸。总而言之，他的举止吐属，无一样不现着 Outlandish，无怪乎他常感着——homesick…for the one sweet hour across the sea of time，因为他不曾明白地讲过了吗？I came to your shore as a stranger,I Iived in your house as a guest…my earth。

　　泰果尔虽然爱好自然，但他爱的是泛神论的自然界。他并不爱自然底本身，他所爱的是 the simple meaning of thy whisper in showers and sunshine，是 God's great powet…in the gentle breeze，是鸟翼，星光同四季的花卉所隐藏着的，the unseen way。人生也不是泰果尔底文艺底对象，只是他的宗教底象征。穿绛色衣服的行客，在床上寻找花瓣的少女，仆人或新妇在门口伫望主人回家，都是心灵向往上帝底象征；一个老人坐在小船上鼓瑟，不是一个真人，乃是上帝底原身。诗人底"父亲""主人""爱人""弟兄""朋友"都不是血肉做的人，实在便是上帝。泰果尔记载了一些自然的现象，但没有描写他们；他只感到灵性的美；而不赏识官觉的美。泰果尔也摘录了些人生的现象，但没有表现出人生中的戏剧；他不会从人生中看出宗教，只用宗教来训释人生。把这些辨别清楚了，我们便知道泰果尔何以没有把捉住现实；由此我们又可以断言诗人的泰果尔定要失败，因为前面已经讲过了，文学底宫殿必须建在现实的人生底基石上。果然我们读《偈檀迦利》《采果》《园丁》《新月》等，我们仿佛寄身在一座云雾的宫阙里，那里只有时隐时现，似人非人的生物。我们初到之时，未尝不觉得新奇可喜；然而待久一点，便要感着一种可怕的孤寂，这时我们渴求的只是与我们同类的人，我们要看看人底举动，要听听人底声音，才能安心。我们在泰果尔底世界里要眷念着我们的家乡，犹之泰果尔在我们的地球上时时怀想他的故土一样。

多半的时候泰果尔只能诉于我们的脑经，他常常能指点出一个出人意外，入人意中的真理来。但是他并不能激动我们的情绪，使我们感觉到生活底溢流。这也是没有把捉住人生底结果。他若是勉强弹上了情绪之弦，他的音乐不失之于渺茫，便失之于纤弱。渺茫到了玄虚的时候，便等于没有音乐！纤弱底流弊能流于感伤主义。我们知道做《新月》的泰果尔很能了解儿童，却不料他自己竟变成一个儿童了，因为感伤主义正是儿童与妇女底情绪。（写到这里，我记起中国最善学泰果尔的是一个女作家；必是诗人底作品中女性底成分才能引起女人底共鸣。）泰果尔底诗是清淡，然而太清淡，清淡到空虚了；泰果尔的诗是秀丽，然而太秀丽，秀丽到纤弱了。Mr. John Macy 批评《园丁》里一首诗讲道：(it) Would be faintly impressive if Walt Whitman had never lived，我们也可以讲若是李杜没有生，韦孟也许可以作中国的第一流诗人了。

在艺术方面泰果尔更不足引人入胜。他是个诗人，而不是个艺术家。他的诗是没有形式的。我讲这一句话恐怕又要触犯许多人底忌讳。但是我不能相信没有形式的东西怎能存在，我更不能明了若没有形式艺术怎能存在！固定的形式不当存在；但是那和形式的本身有什么关系呢？我们要打破一种固定的形式，目的是要得到许多变异的形式罢了。泰果尔底诗不但没有形式，而且可说是没有廓线。因为这样，所以单调成了他的特性。我们试读他的全部的诗集，从头到尾，都仿佛是些不成形体，没有色彩的Amoeba式的东西。我们还要记好这是些抒情诗。别种的诗若是可以离形体而独立，抒情诗是万万不能的。Walter Pater讲了："抒情诗至少，从艺术上讲来是最高尚最完美的诗体，因为我们不能使其形式与内容分离而不影响其内容之本身。"

　　泰果尔底诗之所以伟大是因为他的哲学，论他的艺术实在平庸得很。他在欧洲的声望也是靠他诗中的哲学赢来的。至于他的知音夏芝所以赏识他，有两种潜意识的私人的动机，也不必仔细去讲他。但是我们要估定泰果尔底真价值，就不当取欧洲人底态度或夏芝底态度，也不当因为作者与自己同是东方人，又同属于倒霉的民族而受一种感伤作用底支配；我们但当保持一种纯客观的，不关心的Disinterested态度。若真能用这种透视法去观赏泰果尔底艺术，我想我们对于这位诗人底价值定有一番新见解。于今我们的新诗已经够空虚，够纤弱，够偏重理智，够缺乏形式的了，若再加上泰果尔底影响，变本加厉，将来定有不可救药的一天。希望我们的文学界注意。

文艺与爱国——纪念三月十八

铁狮子胡同大流血之后《诗刊》就诞生了，本是碰巧的事，但是谁能说《诗刊》与流血——文艺与爱国运动之间没有密切的关系？

"爱国精神在文学里，"我让德林克瓦特讲，"可以说是与四季之无穷感兴，与美的逝灭，与死的逼近，与对妇人的爱，是一种同等重要的题目。"爱国精神之表现于中外文学里已经是层出不穷，数不胜数了。爱国运动能够和文学复兴互为因果，我只举最近的一个榜样——爱尔兰，便是明确的证据。

我们的爱国运动和新文学运动何尝不是同时发轫的？他们原来是一种精神的两种表现。在表现上两种运动一向是分道扬镳的。我们也可以说正因为他们没有携手，所以爱国运动的收效既不大，新文学运动的成绩也就有限了。

爱尔兰的前例和我们自己的事实已经告诉我们了：这两种运动合起来便能互收效益，分开来定要两败俱伤。所以《诗刊》的诞生刚刚在铁狮子胡同大流血之后，本是碰巧的；我却希望大家要当他不是碰巧的。我希望爱自由，爱正义，爱理想的热血要流在天安门，流在铁狮子胡同，但是也要流在笔尖，流在纸上。

同是一种热烈的情怀，犀利的感觉，见了一片红叶掉下地来，便要百感交集，"泪浪滔滔"，见了十三龄童的赤血在地下踩成泥浆子，反而漠然无动于中。这是不是不近人情？我并不要诗人替人道主义同一切的什么主义捧场。因为讲到主义便是成见了。理性铸成的成见是艺术的致命伤；诗人应该能超脱这一点。诗人应该是一张留声机的片子，钢针一碰着他就响。他自己不能决定什么时候响，什么时候不响。他完全是被动的。他是不能自主，不能自救的。诗人做到了这个地步，便包罗万有，与宇宙契合了。换句话说，这就是所谓伟大的同情心——艺术的真源。

并且同情心发达到极点，刺激来得强，反动也来得强，也许有时仅仅一点文字上的表现还不够，那便非现身说法不可了。所以陆游一个七十衰翁要"泪洒龙床请北征"，拜伦要战死在疆场上了。所以拜伦最完美，最伟大的一首诗也便是这一死。所以我们觉得诸志士们三月十八日的死难不仅是爱国，而且是最伟大的诗。我们若得着死难者的热情的一部分，便可以在文艺上大成功；若得着死难者的热情的全部，便可以追他们的踪迹，杀身成仁了。

因此我们就将《诗刊》开幕的一日最虔诚的献给这次死难的志士们了！

邓以蛰《诗与历史》题记

作者本来受了一位朋友的委托，打算替一本新诗写点批评，结果批评没有写成，却在病中化了三通夜的心血草成了这一篇刊心刻骨，诘屈聱牙的论文。作者本不想发表他，但是文章终于发表在《诗刊》上了，那是经我几次恳求的结果。我既替《诗刊》拉了这篇稿子，就有替《诗刊》的读者介绍这篇稿子的义务。刊物上登一篇文章并没有需要介绍的通例；有这种需要没有，可全靠那文章的价值如何了。

作者一向在刊物上发表的文章并不多（恐怕总在五数以下），但是没有一篇不诘屈聱牙，使读者头痛眼花，茫无所得，所以也没有一篇不刊心刻骨，博大精深，只要你肯埋着头，咬着牙，在岩石里边寻求金子，在海洋绝底讨索珍珠。如今有的是咳嗽成玑珠的漂亮文字，有的是嬉笑怒骂皆成文章的大手笔。但是在病中拼着三通夜的心血，制造出这样一篇让人看了头痛眼花的东西出来，可真傻了！聪明人谁犯得上挨这种骂！但是我以为在这文艺批评界正患着血虚症的时候，我们正多要几个傻人出来赐给我们一点调补剂才好。调补剂不一定象山珍海味那样适味可口，但是他于我们有益。

作者这篇文有两层主要的意思：（一）怀疑学术界以科学

方法整理国故，研究历史的时论。（二）诊断文艺界的卖弄风骚专尚情操，言之无物的险症。他的结论是历史与诗应该携手；历史身上要注射些感情的血液进去，否则历史家便是发墓的偷儿，历史便是出土的僵尸；至于诗这个东西，不当专门以油头粉面，娇声媚态去逢迎人，她也应该有点骨格，这骨格便是人类生活的经验，便是作者所谓"境遇"，这第二个意思也便和阿诺德的定义："诗是生活的批评"正相配合。

以上不过是本篇的大意。但是篇中可宝贵的意见不止这一点。差不多全篇每一句是孙悟空身上的一根毫毛，每一根毫毛可以变成一个齐天大圣，每一个齐天大圣可以一筋斗打到十万八千里路之远。

这里面的神秘我可没有法子一一的解释。还请读者各人自己去领会罢。假如你因为那诘屈聱牙的文字，望难生畏，以致失掉了石心的金子，海底的珍珠，那我可只好告诉你一句话："你活该！"

我也可以附带的介绍作者另外的二篇文字：

（一）《艺术家的难关》（《晨报副刊》）

（二）《从林风眠的画论到中西画的异同》（《现代评论》第三卷第六十七期）

戏剧的歧途

　　近代戏剧是碰巧走到中国来的。他们介绍了一位社会改造家——易卜生。碰巧易卜生曾经用写剧本的方法宣传过思想，于是要易卜生来，就不能不请他的"问题戏"——《傀儡之家》《群鬼》《社会的柱石》等等了。第一次认识戏剧既是从思想方面认识的，而第一次的印象又永远是有威权的，所以这先入为主的"思想"便在我们脑筋里，成了戏剧的灵魂。从此我们仿佛说思想是戏剧的第一个条件。不信，你看后来介绍萧伯讷，介绍王尔德，介绍哈夫曼，介绍高斯俄绥……那一次不是注重思想，那一次介绍的真是戏剧的艺术？好了，近代戏剧在中国，是一位不速之客；戏剧是沾了思想的光，侥幸混进中国来的。不过艺术不能这样没有身分。你没有诚意请他，他也就同你开玩笑了，他也要同你虚与委蛇了。

　　现在我们许觉悟了。现在我们许知道便是易卜生的戏剧，除了改造社会，也还有一种更纯洁的——艺术的价值。但是等到我们觉悟的时候，从前的错误已经长了根，要移动它，已经有些吃力了。从前没有专诚敦请过戏剧，现在得到了两种教训。第一，这几年来我们在剧本上所得的收成，差不多都是些稗子，缺少动作，缺少结构，缺少戏剧性，充其量不过是些能读不能演的Closet

Drama罢了。第二，因为把思想当作剧本，又把剧本当作戏剧，所以纵然有了能演的剧本，也不知道怎样在舞台上表现了。

剧本或戏剧文学，在戏剧的家庭里，的确是一个问题。只就现在戏剧完成的程序看，最先产生的，当然是剧本。但是这是丢掉历史的说话。从历史上看来，剧本是最后补上的一样东西，是演过了的戏的一种记录。现在先写剧本，然后演戏。这种戏剧的文学化，大家都认为是戏剧的进化。从一方面讲，这当然是对的，但是从另一方面讲，可又错了。老实说，谁知道戏剧同文学拉拢了，不就是戏剧的退化呢？艺术最高的目的，是要达到"纯形" Pure Form的境地，可是文学离这种境地远着了。你可知道戏剧为什么不能达到"纯形"的涅槃世界吗？那都是害在文学的手里。自从文学加进了一份儿，戏剧便永远注定了是一副俗骨凡胎，永远不能飞升了；虽然他还有许多的助手——有属于舞蹈的动作，属于绘画建筑的布景，甚至还有音乐，那仍旧是没有用的。你们的戏剧家提起笔来，一不小心，就有许多不相干的成分黏在他笔尖上了——什么道德问题，哲学问题，社会问题……都要黏上来了。问题黏的愈多，纯形的艺术愈少。这也难怪。文学，特别是戏剧文学之容易招惹哲理和教训一类的东西，如同腥膻的东西之招惹蚂蚁一样。你简直没有办法，一出戏是要演给大众看的；没有观众，也就没有戏，严格的讲来。好了，你要观众看，你就得拿他们喜欢看，容易看的，给他们看。假若你们的戏剧家的成功的标准，又只是写出戏来，演了，能够叫观众看得懂，看得高兴。那么他写起戏来，准是一些最时髦的社会问题，再配上一点作料，不拘是爱情，是命案，都可以。这样一来，社会问题是他们本地当时的切身的问题,准看得懂;爱情,命案,永远是有趣味的,准看得高兴。这样一出戏准能哄动一时。然后戏剧家可算成功了。但是,戏剧的本身呢?艺术呢?没有人理会了。犯这样毛病的,当然不只戏剧家。譬如一个画家,若是没有真正的魄力来找出"纯形"的时候,他便摹仿照相了,描漂亮脸子了,讲故事了,谈道理了,做种种有趣味的事件,总要使得这一幅画有人了解,不管从那一方面去了解。本来做有趣味的事件是文学家的惯技。就讲思想这个东西,本来同"纯形"是风马牛不相及的,但是那一件文艺,完全脱离了思想,能够站得稳呢?文字本是思想的符号,文学既用了文字作工具,要完全脱离思想,自然办不到。但是文学专靠思想出风头,可真是没出息了。何况这样出风头是出不出去的呢?谁知道戏剧拉到文学的这一个弱点当作宝贝,一心只想靠这一点东西出风头,岂不是比文学还要没出息吗?其实这样闹总是没有好处的。你尽管为你的思想写戏,你写出来的,恐怕总只有思想,没有戏。果然,你看我们这几年来所得的剧本里,不是没有问题,哲理,教训,牢骚,但是它禁不起表演,你有什么办法呢?况且这样表现思想,也不准表现得好。那可真冤了!为思想写戏,戏当然没有,思想也表现不出。"赔了夫人又折兵",谁说这不是相当的惩罚呢?

不错,在我们现在这社会里,处处都是问题,处处都等候着易卜生,萧伯讷的笔尖来给它一种猛烈的戟刺。难怪青年的作家个个手痒,都想来尝试一下。但是,我们可知道真正有价值的文艺,都是"生活的批评";批评生活的方法多着了,何必限定是问题戏?莎士比亚没有写过问题戏,古今有谁批评生活比他更批评得透彻的？辛格批评生活的本领也不差罢？但是他何尝写过问题戏？只要有一个脚色，便叫他会讲几句时髦的骂人的话，不能算是问题戏罢？总而言之，我们该反对的不是戏里含着什么问题；若是因为有一个问题，便可以随便写戏，那就把戏看得太不值钱了。我们要的是戏，不拘是那一种的戏。若是仅仅把屈原，聂政，卓文君，许多的古人拉起来，叫他们讲了一大堆社会主义，德谟克拉西，或是妇女解放问题，就可以叫作戏，甚至于叫作诗剧，老实说，这种戏，我们宁可不要。

因为注重思想，便只看得见能够包藏思想的戏剧文学，而看不见戏剧的其余的部分。结果，到于今，不三不四的剧本，还数得上几个，至于表演同布景的成绩，便几等于零了。这样做下去，戏剧能够发达吗？你把稻子割了下来，就可以摆碗筷，预备吃饭了吗？你知道从稻子变成饭，中间隔着了好几次手续；可知道从剧本到戏剧的完成，中间隔着的手续，是同样的复杂？这些手续至少都同剧本一样的重要。我们不久就要一件件的讨论。

论《悔与回》

梦家：在自己做不出诗来的时候，几乎觉得没有资格和人谈诗。诗如今做出了（已寄给志摩先生了），资格恢复了，信当然也可以写。《悔与回》自然是本年诗坛最可纪念的一件事。我曾经给志摩写信说：我在捏着把汗夸奖你们——我的两个学生；因为我知道自己决写不出那样惊心动魄的诗来，即使有了你们那样哀艳凄馨的材料。有几处小地方，却有商酌的余地。（一）不用标点，不敢赞同，诗不能没有节奏。标点的用处，不但界划句读，并且能标明节奏（在中国文字里尤其如此），要标点的理由如此，不要它的理由，我却想不出。（二）"生殖器的暴动"一类的句子，不是表现怨毒，愤嫉时必需的字句。你可以换上一套字样，而表现力能比这增加十倍。不信，拿志摩的《罪与罚》再读读看。玮德的文字比梦家来得更明澈，是他的长处，但明澈则可，赤裸却要不得。这理由又极明显。赤裸了便无暗示之可言，而诗的文字那能丢掉暗示性呢？我并非绅士派，"苍蝇似的思想垃圾桶里爬"，我也有顾不到体面的时候，但碰到"梅毒""生殖器"一类的字句，我却不敢下手。（三）长篇的"无韵体"式的诗，每行字数似应多点，才称得住。（四）句子似应稍整齐点，不必呆板的限定字数，但各行相差也不应太远，因为那样才显得有分量些。以上两点是我个人的见解，或许是偏见。我是受过绘画的训练的，诗的外表的形式，我总不忘记。既是直觉的意见，所以说不出什么具体的理由来，也没有人能驳倒我。

（五）我认为长篇的结构，应拿玮德他们府上那一派的古文来做模范。谋篇布局应该合乎一种法度，转折处尤其要紧——索性腐败一点——要有悬崖勒马的神气与力量。再翻开《古文辞类纂》来体贴一回，你定可以发现其间艺术的精妙。照你们这两首看来，再往下写三十行五十行，未尝不可，或少写十行二十行，恐怕也无大关系。艺术的Finality在那里？

讲的诚然都是小地方，但如今没有人肯讲，敢讲。我对于你们既不肯存一分虚伪，也不必避什么嫌疑，拉杂的写了许多，许也有可采的地方。

玮德原来也在中大，并且我在那里的时候，曾经与我有过一度小小的交涉。若不是令孺给我提醒，几乎全忘掉了。可是一个泛泛的学生，在他没写出《悔与回》以前，我有记得他的义务吗？写过那样一首诗以后，即便我们毫无关系，我也无妨附会说他是我的学生，以增加我的光荣。我曾经托令孺向玮德要张相片来，为的是想借以刷去记忆上的灰尘，使他在我心上的印象再显明起来。这目的马上达到了，因为凑巧她手边有他一张照片——我无法形容我当时的愉快！现在我要《悔与回》的两位诗人，时时在我案头，与我晤对，你们可能满足我这点痴情吗？

祝二位康健！

论形体——介绍唐仲明先生的画

仲明先生在绘画上的成功是多方面的，内中最基本的一点，是形体的表现。要明白这一点的意义的重大，得远远的从头说来。

绘画，严格的讲来，是一种荒唐的企图，一个矛盾的理想。无论在中国，或西洋，绘画最初的目标是创造形体——有体积的形。然而它的工具却是绝对限于平面的。在平面上求立体，本是一条死路。浮雕的运用，在古代比近代来得多，那大概是画家在打不开难关时，用来餍足他对于形体的欲望的一种方法。在中国，"画"字的意义本是"刻画"，而古代的画见于刻石者又那么多，这显然告诉我们，中国人当初在那抓不住形体的烦闷中，也是借浮雕来解嘲。这现象是与西方没有分别的。常常有人说中国画发源于书法，与西洋画发源于雕刻的性质根本不同。其实何尝有那样一回事。画的目标，无分中西，最初都是追求立体的形，与雕刻同一动机。中国画与书法发生因缘，是较晚的一种畸形的发展。大概等到画家不甘心在浮雕中追偿他的缺欠，而非寻出他自家独立的工具不可的时候，绘画这才进入完全自觉的时期。在绘画上东方人与西方人分手，也正是这时的事。西方人认为目的既在创造有体积的形，画便不能、也不应摆脱它与雕刻的关系（他的理由很干脆），于是他用种种手段在画布上"塑"他的形。中国人说，不管你如何努力，你所得到的永远不过是形的幻觉。你既不能想象一个没有轮廓的形体，而轮廓的观念是必须寄于线条的，那么，你不如老老实实利用线条来影射形体的存在。他说，你那形的幻觉无论怎样奇妙，离着真实的形，毕竟远得很。但我这影射的形，不受拘挛，不受污损，不牵就，才是真实的形。他甚至于承认线条本不存在于形体中，而只是人们观察形体时的一种错觉，但是他说，将错就错也许能达到真正不错的目的。这样一来，玄学家的中国人便不知不觉把他们的画和他们的书法归进一种型类内去了。

这两种追求形体的手段，前者可以说是正面的，后者是侧面的。换言之，西方人对于问题是取接受的态度，中国人是取回避的态度。接受是勇气，回避是智慧。但是回避的最大的流弊是"数典忘祖"。当初本为着一个完整的真实的形体而回避那不能不受亏损的幻觉的形体，这样悬的诚是高不可攀。但悬的愈高，危险便愈大。一不小心，把形体忘记了，绘画便成为一种平面的线条的驰骋。线条本身诚然具有伟大的表现力，中国画在这上面的成绩也委实令人惊奇。但是以绘画论，未免离题太远了！谁知道中国画的成功不也便是它的失败呢？

认清了西洋画最主要的特性，也是绘画自身最基本的意义，而同时这一点又恰好足以弥补中国画在原则上最令人怀疑的一个罅隙——认清了这一点，我们便知道仲明先生的作品的价值。仲明先生的成就不仅在形体上，正如西洋画的内容也不限于形体的表现一端，但形体是绘画中的第一义，而且再没有比它更重要的了，那么，要谈仲明先生的成功，自当从这一点谈起，可惜的只是这一次的篇幅，不许我们继续谈到其余的种种方面罢了。

匡斋谈艺[①]

一

彝器铭文画字从"周"声，周与昼声近，所以就字音说，画本也可读如"昼"，就字义说，"画"也就是古"雕"字。这现象告诉我们：画字的本义是刻画，那便是说，在古人观念中，画与雕刻恐怕没有多大分别。就工具说，刀的发明应比笔早，因此产生雕刻的机会也应比产生绘画的机会较先来到。当然刀也可以仅仅用来在一个面积上刻画一些线条，藉以模拟一个对象的形状，因此刀的作用也就等于笔。但是我们可以想象，当那形成某种对象的轮廓的线条已经完成之后，原始艺术家未尝不想进一步，削削挖挖，使它成为浮雕，或更进一步，使它成为圆雕。他之所以没有那样做，只是受了材料，时间，或别种限制而已。在这种情形下，画实际是未完成的雕刻。未完成的状态久而久之成为定型，画的形式这才完成。然而画的意义仍旧是一种变质的雕

[①] 本篇原载 1948 年9月《文学志》第3期和第4期，署名闻一多遗著。文章主要内容与《论形体——介绍唐仲明先生的画》相同，据陈梦家的回忆推断，本文可能是因上文有未尽之意而续写的，写作日期当相近。但续写的内容不多，疑是未成稿。

刻，因为那由线条构成的形的轮廓，本身依然没有意义，它是作为实物的立体形的象征而存在的。

二

绘画，严格的讲来，是一种荒唐的企图，一个矛盾的理想。无论在中国，或西洋，绘画最初的目标是创造形体——有体积的形。然而它的工具却是绝对限于平面的。在平面上求立体，本是一条死路。浮雕的运用，在古代比近代来得多，那大概是画家在打不开难关时，用来餍足他对于形体的欲望的一种方法。在中国，"画"字的意义本是"刻画"，而古代的画见于刻石者又那么多，这显然告诉我们，中国人当初在那抓不住形体的烦闷中，也是借浮雕来解嘲。这现象是与西方没有分别的。常常有人说中国画发源于书法，与西洋画发源于雕刻的性质根本不同。其实何尝有那样一回事！画的目标，无分中西，最初都是追求立体的形，与雕刻同一动机。中国画与书法发生因缘，是较晚的一种畸形的发展。

大概等到画家不甘心在浮雕中追偿他的缺欠，而非寻出他自家独立的工具不可的时候，绘画这才进入完全自觉的时期。在绘画上东方人与西方人分手，也正是这时的事。目的既在西方人认为创造有体积的形，画便不能，也不应摆脱它与雕刻的关系（他的理由很干脆），于是他用种种手段在画布上"塑"他的形。中国人说，不管你如何努力，你所得到的永远不过是形的幻觉；你既不能想象一个没有轮廓的形体，而轮廓的观念是必须寄于线条的，那么，你不如老老实实利用线条来影射形体的存在。他说，你那形的幻觉无论怎样奇妙，离着真实的形，毕竟远得很，但我这影射的形，不受拘挛，不受污损，不牵就，才是真实的形。他甚至于承认线条本不存在于形体中，而只是人们观察形体时的一种错觉，但是他说，将错就错也许能达到真正不错的目的。这样一来，玄学家的中国人便不知不觉把他们的画和他们的书法归入一种型类内去了。

这两种追求形体的手段，前者可以说是正面的，后者是侧面的。换言之，西方人对于问题是取接受的态度，中国人是取回避的态度。接受是勇气，回避是智慧。但是回避的最大的流弊是"数典忘祖"。当初本为着一个完整的真实的形体而回避那不能不受亏损的幻觉的形体，这样悬的，诚然是高不可攀。但悬的愈高，危险便愈大，一不小心把形体忘记了，绘画便成为一种平面的线条的驰骋。线条本身诚然具有伟大的表现力，中国画在这上面的成绩也委实令人惊奇。但是以绘画论，未免离题太远了！谁知道中国画的成功不也便是它的失败呢？

三

宋迪论作山水画曰：

先当求一败墙，张绢素讫，朝夕视之。既久，隔素见败墙之上，高下曲折，皆成山水之象。心存目想，高者为山，下者为水，坎者为谷，缺者为涧，显者为近，晦者为远。神领意造，恍然见人禽草木飞动往来之象，了然在目。则随意命笔，默以神会，自然景皆天就，不类人为，是谓活笔。

达芬奇Leonardo da Vinci作画前，看大理石以求构图之法，与此如出一辙。

悼玮德

这样一个不好炫耀，不肯盘剥自己的才力的青年作家，他的存在既没有十分被人注意，他的死亡在社会上谅也不算一件了不得的事。这现象谈不到什么公平不公平。

在作品的产出上既不曾以量胜人，在表襮自己的种种手法上又不像操过一次心，结果，他受着社会的漠视，还不是应该的？玮德死了，寂寞的死了，在几个朋友的心上自然要永远留下一层寂寞的阴影，但除此以外，恐怕就没有什么了。历史上的定价是按成绩折算的。这人的成绩诚然已经可观了，但他前途的希望却远过于他的成绩。

"希望"在深知他的人看来，也许比成绩还可贵，但深知他又怎么着，你能凭这所谓"希望"者替他向未来争得一半个煊赫的地位吗？地位不地位，在玮德自己本是毫不介意的，（一个人生前尚不汲汲于求知，难道死后还会变节？）倒是我们从此永远看不到那希望形成灿烂的事实，我们自己的损失却大了。

玮德死了，我今天不以私交的情谊来哀悼他。在某种较广大的意义上，他的死更是我们的损失，更令我痛惜而深思。

国家的躯体残毁到这样，国家的灵魂又在悠久的文化的末路中喘息着。一个孱弱如玮德的文人恐怕是担不起执干戈以卫社稷

悼玮德

的责任的，而这责任也不见得是从事文艺的人们最适宜的任务。但是为绵续那残喘中的灵魂的工作设想，玮德无疑的是合格的一员。我初次看见玮德的时候，便想起唐人两句诗："几度见诗诗尽好，及观标格过于诗。"玮德的标格，我无以名之，最好借用一个时髦的话语来称它为"中国本位文化"的风度。时贤所提出的"本位文化"这名词，我不知道能否应用到物质建设上，但谈到文学艺术，则无论新到什么程度，总不能没有一个民族的本位精神存在于其中。可惜在目前这西化的狂热中，大家正为着摹仿某国或某派的作风而忙得不开交，文艺作家似乎还没有对这问题深切的注意过。即令注意到了，恐怕因为素养的限制一时也无从解决它。因为我所指的不是掇拾一两个旧诗词的语句来妆点门面便可了事的。事情没有那样的简单。我甚至于可以说这事与诗词一类的东西无大关系。要的是对本国历史与文化的普遍而深刻的认识，与由这种认识而生的一种热烈的追怀，拿前人的语句来说，便是"发思古之幽情"。一个作家非有这种情怀，决不足为他的文化的代言者，而一个人除非是他的文化的代言者，又不足称为一个作家。我们既不能老恃着 Pearl Buck 在小说里写我们的农村生活，或一二准 Pearl Buck 在戏剧里写我们的学校生活，那么，这比小说戏剧还要主观，还要严重的诗，更不能不要道地的本国人，并且彻底的了解，真诚的爱慕"本位文化"的人来写它了。技术无妨西化，甚至可以尽量的西化，但本质和精神却要自己的。我这主张也许有人要说便是"中学为体，西学为用"。对了，我承认我对新诗的主张是旧到和张之洞一般。惟其如此，我才能爱玮德的标格，才极其重视他的前途。我并不是说玮德这样

年青的人，在所谓"中学"者上有了如何精深的造诣，但他对这方面的态度是正确的，而向这方面努力的意向决是一天天的在加强。梦家有一次告诉我，说接到玮德从厦门来信，说是正在研究明史。

那是偶尔的兴趣的转移吗？但那转移是太巧了。和玮德一起作诗的朋友，如大纲原是治本国史的，毓棠是治西洋史的，近来兼致力于本国史，梦家现在也在从古文字中追求古史。何以大家都不约而同的走上一个方向？我期待着早晚新诗定要展开一个新局面，玮德和他这几位朋友便是这局面的开拓者。可是正当我在为新诗的远大的前途欣慰着的时候，玮德死了，这样早就摔下他的工作死了！我想到这损失的意义，更不能不痛惜而深思。

宣传与艺术

在抗战第二期开始时，蒋委员长曾以"政治重于军事"的方针昭示国人。政治所包甚广，但唤起并组织民众以期达到真正的全面抗战当然是其中最主要部分。最近开第三次国民参政会议，委员长又提出精神动员的方案。举凡领袖所侧重各点，在理论上其重要性无庸申述，问题只在如何实施。实施的步骤当然首重宣传，这就不是一件简单的事。

宣传不得法，起码是枉费精力，甚至徒然引起一些不需要的副作用。或者更严重的反作用。宣传之不可无技巧，犹之乎作战之不可无器械，器械出于科学，技巧基于艺术。

回顾抗战以来我们宣传的工作实在难令人满意。我们所有的宣传似乎大部分还不离口号标语，文字的宣传固然是放大的口号标语，即音乐图画戏剧各部门亦何莫非变相的口号标语？大致说来，从事这种工作的人似乎只顾宣泄自己的感情，而不知道如何将它传达给别人，所以结果只有宣（或竟是喧）而无传，于是多数的宣传品便成为大家压惊壮胆的咒语符箓，数量尽管多，内容却不必追究了。总之，我们的宣传品徒有形式而缺乏内容，其原因则在做宣传工作的人热情有余，技巧不足。

首先在宣传工具的选择上，太重视文字，就是错误，须知

文字根本是一种叙事与说理的工具，在感动的功能上，它须经过一段较迂缓的过程，因此它的效用便远不如音乐图画戏剧来得迅速而直捷。对于识字阶级，文字宣传的力量已经有限，何况我们绝大多数的民众是文盲，文字对他们，根本无效呢？既然我们宣传主要的对象是一般尤其是农村的民众，而大部分宣传品的影响恰恰是达不到他们，这是何等严重的矛盾！便就现今已有的文字宣传而论，我们似乎将宣传的意义看得太窄点。符箓式的标语，对于知识稍高的人们，不久已是一种侮辱吗？关于抗战理论的文字，不已经成为"抗战八股"吗？报纸上的新闻，不是常常被认为"宣传"，意思说是假的吗？这些工作我们做得不少了，虽则其效果有多少毕竟是疑问。也许正如间谍工作是收入消息，这种宣传工作是放出消息，也许这是战时不可少，甚至极重要的工作，但这不是我所谓宣传。我所谓宣传，在文字方面，是态度光明而诚恳的文艺作品，在形式上它甚至可以与抗战无大关系，但实际能激发我们敌忾同仇的情绪，它的手段不是说服而是感动，是燃烧！它必须是一件艺术作品。这类的文字，就我个人所知道的而论，除了几篇委实可歌可泣的报告文学（战地通讯）之外，似乎没有多少值得注意的东西了。但是我们胜任的作家应当不少，他们都藏到那里去了？

不过真正能读懂一篇文艺作品的人究竟太少，在我们特殊情况之下，文字宣传究不如那"不落言诠"的音乐图画戏剧等来得有效。

在情绪传播的迅速上，音乐是再好没有的了。我们的宣传工作在这方面正大有可为。过去在这方面的成绩总算比较令人满意，但仍欠普及，欠深入。最近我看过一个剧团的公演，在最末一幕终了时，几个游击队正在和敌人苦撑，青天白日旗忽然从山后飘扬起来，随着一阵救亡歌曲的声音，援军到了，幕下了，幕后歌声仍然不断，并且愈加激荡了，想必舞台上全体人员都加入了。这时我满以为台下全体观众也会响应起那"起来，不愿做奴隶的人们"！多么伟大！全堂六七百人一齐怒吼起来，那点经验的教育作用，不要胜过千百篇痛哭流涕或激昂慷慨的论说或演辞吗？

然而幕下了，台下一阵喧哗，散戏了。我急得直跺脚。这是我们音乐宣传不够普及与深入的一个实例。

讲到图画，也许最令人伤心。办了一二十年艺术教育，到如今没有几个人能够画出一个人体，不带上许多解剖学的错误。

大师们追着这派那派西洋潮流效颦，却有始终不曾使木炭在张白纸上老老实实研究过一个人体的。结果徒弟们相习成风，在漫画木刻里勉强描个似是而非的人模样，加上一个标题，就算是画了。就抗战以后我曾到过的武汉，长沙，贵阳，昆明四个都市讲，我就从未见过一幅像样的宣传画。特别在长沙，你走过一条街，往两边墙壁上一望，不啻是做着一场噩梦。在武昌街上我倒发现过一幅在人体上还站得住的宣传画，但那作意真别扭得可以。我亲耳听见一群乡下人聚在画前发议论，原来把画中的意义整个弄反了。

同类的情形若发生在戏剧里，结果可就严重了。听说某处开伤兵慰劳会，演了一出话剧，伤兵认为是对他们的侮辱，把演员打了。平情而论，抗战以来，戏剧真够努力的了。可惜的是愈努

力愈感觉"剧本荒"。把仅有的剧本，一堆堆的口号，勉强搬上台，导演者十九又不能尽其责。在这剧作家与导演家两头不得力的苦境之中，真辜负了不少的好演员。

要晓得上述各种工作，除了那与间谍工作异曲同工的文字宣传是由政府主持的，其他则差不多全是人民自动的工作。在此情形之下，人力不能集中与夫财力不济，往往使工作不能得到预期的效果，是应该原谅的。说政府知道了宣传的重要，但何以对宣传工作进行的方法这样大意，而把最有效的部分丢着不管呢？诚然像这次抗战在我们历史上是第一次，所谓发动整个民族力量的全面抗战更是闻所未闻，因此对这种抗战的技术我们完全不娴习，但是现成的西方国家，在这方面都有很好的成绩，我们为什么不知道借镜呢？难道我们真依然是八股脑筋，只知道舞文弄墨的宣传才是宣传，而别的全不认识吗？我要问后方工作究竟是否至少与前方工作同样重要？若然，这样松懈，这样低劣的宣传就可了事吗？时机迫切了，不赶紧想办法，还谈什么最后胜利？其实这点工作，只要政府真正推行起来，并不甚难。把一切胜任的人才动员起来（现在有的是在西洋受过很好训练的艺术专门人才闲着没有事做），组织起来，拨一笔在整个国家预算中微乎其微的款子，就中一部分可以用来购置一点新式设备（如制版，印刷设备，舞台的灯光设备，等等），再斟酌各部门的需要，无妨向国外聘请些专家来作顾问导师。在军事上可以"楚材晋用"，在文化上何尝不可如此？这般大规模的干起来，才配得上称宣传，不，以前狭义的"宣传"二字还不能包括上述的计划。这是在"精神动员"工作中增加"精神食粮"的大量生产计划。

这不只是抗战工作，同时也是建国工作。在筑铁路，设工厂的物质建国时，我们别忘了也要精神建国。让我们在抗战的宣传工作里，奠定建国大业中艺术生活，精神生活的基础。

《西南采风录》序

正在去年这时候,学校由长沙迁昆明,我们一部分人组织了一个湘黔滇旅行团,徒步西来,沿途分门别类收集了不少材料。其中歌谣一部分,共计二千多首,是刘君兆吉一个人独力采集的。他这种毅力实在令人惊佩。现在这些歌谣要出版行世了,刘君因我当时曾挂名为这部分工作的指导人,要我在书前说几句话。我惭愧对这部分材料在采集工作上,毫未尽力,但事后却对它发生了极大兴趣。一年以来,总想下番工夫把它好好整理一下,但因种种关系,终未实行。这回书将出版,答应刘君作序,本拟将个人对这材料的意见先详尽的写出来,作为整理工作的开端,结果又一再因事耽延,不能实现。这实在不但对不起刘君,也辜负了这宝贵材料。然而我读过这些歌谣,曾发生一个极大的感想,在当前这时期,却不能不尽先提出请国人注意。

在都市街道上,一群群乡下人从你眼角滑过,你的印象是愚鲁,迟钝,畏缩,你万想不到他们每颗心里都自有一段骄傲,他们男人的憧憬是:

　　快刀不磨生黄锈,
　　　胸膛不挺背要驼。(安南)

女子所得意的是:

> 斯文滔滔讨人厌,
> 庄稼粗汉爱死人;
> 郎是庄稼老粗汉,
> 不是白脸假斯文。(贵阳)

他们何尝不要物质的享乐,但鼠窃狗偷的手段,都是他们所不齿的:

> 吃菜要吃白菜头,
> 跟哥要跟大贼头;
> 睡到半夜钢刀响,
> 妹穿绫罗哥穿绸。(盘县)

那一个都市人,有气魄这样讲话或设想?

> 生要恋来死要恋,
> 不怕亲夫在眼前。
> 见官犹如见父母,
> 坐牢犹如坐花园。(盘县)

> 火烧东山大松林,
> 姑爷告上丈人门;

叫你姑娘快长大,
我们没有看家人。(宣威)

马摆高山高又高,
打把火钳插在腰。
那家姑娘不嫁我,
关起四门放火烧。

你说这是原始,是野蛮。对了,如今我们需要的正是它。我们文明得太久了,如今人家逼得我们没有路走,我们该拿出人性中最后,最神圣的一张牌来,让我们那在人性的幽暗角落里伏蛰了数千年的兽性跳出来反噬他一口。打仗本不是一种文明姿态,当不起什么"正义感""自尊心""为国家争人格"一类的奉承。干脆的是人家要我们的命,我们是豁出去了,是困兽犹斗。如今是千载一时的机会,给我们试验自己血中是否还有着那只狰狞的动物,如果没有,只好自认是个精神上"天阉"的民族,休想在这地面上混下去了。感谢上苍,在前方姚子青,八百壮士,每个在大地上或天空中粉身碎骨了的男儿,在后方几万万以"睡到半夜钢刀响"为乐的"庄稼老粗汉",已经保证了我们不是"天阉"!如果我们是一个乐观主义者,我的根据就只这一点。我们能战,我们渴望一战而以得到一战为至上的愉快。至于胜利,那是多么泄气的事,胜利到了手,不是搏斗的愉快也得终止,"快刀"又得"生黄锈"了吗?还好,还好,四千年的文化,没有把我们都变成"白脸斯文人"!

时代的鼓手

——读田间的诗

鼓——这种韵律的乐器，是一切乐器的祖宗，也是一切乐器中之王。音乐不能离韵律而存在，它便也不能离鼓的作用而存在。鼓象征了音乐的生命。

提起鼓，我们便想到了一串形容词：整肃，庄严，雄壮，刚毅，和粗暴，急躁，阴郁，深沈……鼓是男性的，原始男性的，它蕴藏着整个原始男性的神秘。它是最原始的乐器，也是最原始的生命情调的喘息。

如其鼓的声律是音乐的生命，鼓的情绪便是生命的音乐。音乐不能离鼓的声律而存在，生命也不能离鼓的情绪而存在。

诗与乐一向是平行发展着的。正如从敲击乐器到管弦乐器是韵律的音乐发展到旋律的音乐，从三四言到五七言也是韵律的诗发展到旋律的诗。音乐也好，诗也好，就声律说，这是进步。可痛惜的是，声律进步的代价是情绪的萎顿。在诗里，一如在音乐里，从此以后以管弦的情绪代替了鼓的情绪，结果都是"靡靡之音"。这感觉的愈趋细致，乃是感情愈趋脆弱的表征，而脆弱的感情不也就是生命疲困，甚或衰竭的朕兆吗？二千年来古旧的历史，说来太冗长。单说新诗的历史，打头不是没有一阵朴质而健

康的鼓的声律与情绪，接着依然是"靡靡之音"的传统，在舶来品的商标的伪装之下，支配了不少的年月。疲困与衰竭的半音，似乎比历史上任何时期都变本加厉了的风行着。那是宿命，是历史发展的必然阶段吗？也许。但谁又叫新生与震奋的时代来得那样突然！箫声，琴声（甚至是无弦琴）自然配合不上流血与流汗的工作。于是忙乱中，新派，旧派，人人都设法拖出一面鼓来，你可以想象一片潮湿而发霉的声响，在那壮烈的场面中，显得如何的滑稽！它给你的印象仍然是疲困与衰竭。它不是激励，而是揶揄，侮蔑这战争。

于是，忽然碰到这样的声响，你便不免吃一惊：

多一颗粮食，
就多一颗消灭敌人的枪弹！

听到吗
这是好话哩！

听到吗
我们
要赶快鼓励自己底心
到地里去！

要地里
长出麦子；

要地里
长出小米；

拿这东西
当做
持久战的武器。

（多一些！
多一些！）

多点粮食，
就多点胜利。

——田间：《多一些》

这里没有"弦外之音"，没有"绕梁三日"的余韵，没有半音，没有玩任何"花头"，只是一句句朴质，干脆，真诚的话，（多么有斤两的话！）简短而坚实的句子，就是一声声的"鼓点"，单调，但是响亮而沉重，打入你耳中，打在你心上。你说这不是诗，因为你的耳朵太熟习于"弦外之音"……那一套，你的耳朵太细了。

你看，——
他们底
仇恨的

力，
他们底
仇恨的
血，
他们底
仇恨的
歌，
握在
手里。

握在
手里，
要洒出来……
几十个，
很响地
——在一块；

几十个
达达地，
——在一块；

回旋……
狂蹈……

> 耸起的
>
> 筋骨
>
> 凸出的
>
> 皮肉,
>
> 挑负着
>
> ——种族的
>
> 疯狂
>
> 种族的
>
> 咆哮! ……
>
> ——田间：《人民底舞》

这里便不只鼓的声律，还有鼓的情绪。这是鞍之战中晋解张用他那流着鲜血的手，抢过主帅手中的槌来擂出的鼓声，是弥衡那喷着怒火的"渔阳掺挝"，甚至是，如诗人Robert Lindsey在《刚果》中，剧作家Eugene O'Neil在《琼斯皇帝》中所描写的，那非洲土人的原始的鼓，疯狂，野蛮，爆炸着生命的热与力。

  这些都不算成功的诗，（据一位懂诗的朋友说，作者还有较成功的诗，可惜我没见到。）但它所成就的那点，却是诗的先决条件——那便是生活欲，积极的，绝对的生活欲。它摆脱了一切诗艺的传统手法，不排解，也不粉饰，不抚慰，也不麻醉，它不是那捧着你在幻想中上升的迷魂音乐。它只是一片沉着的鼓声，鼓舞你爱，鼓动你恨，鼓励你活着，用最高限度的热与力活着，在这大地上。

当这民族历史行程的大拐弯中,我们得一鼓作气来渡过危机,完成大业。这是一个需要鼓手的时代,让我们期待着更多的"时代的鼓手"出现。至于琴师,乃是第二步的需要,而且目前我们有的是绝妙的琴师。

五四与中国新文艺

——现在是群众的时代,让文艺回到群众里去!

从"五四"开始,中国文艺的现实主义开始萌芽,它表示中国社会必然的发展和要求。欧战期间,中国民族工业开始抬头,新兴阶级需要一个新的政权扶植他们发展,但是欧战之后,国际政治的黑流以及国内军阀的反动使新兴阶级的愿望遭受挫折,这时新兴阶级的代言人——学生,小市民——便起来了,对外他们要求打倒帝国主义,以求本阶级的解放,对内打倒军阀,以求民主政治的发展。不管他的阶级性如何,这个运动需要广大群众的支持,领导阶级的眼光不得不放到群众里去,因此,他们必运用一种新的宣传方式以表达他们的思想,进而唤醒群众的斗争情绪,这个方式就是白话文,以及用白话文表现的中国的旧的写实主义的文学。

辛亥革命时代的文艺与"五四"时代有什么不同呢?辛亥革命是士大夫领导的,他们的群众是士大夫,因此,表现文艺的形式的还是士大夫所用滥了的古文,"五四"时代则不然,"五四"运动是一个群众运动,虽然并不广泛也不深入,但是,因为它接近群众,因此,在文艺表现的方式,多少有一些群众性。

民族工业的兴起，同时产生了工人阶级，"五四"运动也得到工人的赞助，这是"五四"进步性的一点证明，但是，工人并没有居于领导的地位，这是"五四"民主运动不彻底的地方，因为这样，所以"五四"时代所谓中国的新文艺，还是旧的写实主义。

中国新文艺运动应该随着中国社会发展而发展，或者说，中国新文艺应该彻底尽到它反应现实的任务，目前我们需要崭新的文艺形式和内容，我们要让文艺回到群众那里去，去为他们服务。目前我们要求"民主"下乡，进工厂，我们的文艺也要这样。因此，在我看来，目前最恰当的文艺形式是朗诵诗和歌剧，此外，我们还需要与其他部门配合才能收到更大的效果，我所说的其他部门大抵指电影，漫画等。

中国新文艺发展的事业与民主事业同样艰巨，我们需要加倍努力，我们相信，只有广大的群众是主人，群众的利益定会战胜少数人的特权的。

战后文艺的道路

"道路"不一定是具体计划，只是一种看法；战后不是善后，善后是暂时的，战后是相当长时期的将来。根据已然推测必然，是科学的客观预见，历史是有其客观的必然性的，所以要讲到战后文艺的道路，必须根据文学史及社会发展作一番讨论。

关于文学史，应根据新的世界观来分析：我们承认最根本决定社会之发展的是阶级，有统治阶级，有被统治阶级。中国过去的文学史却抹煞了人民的立场，只讲统治阶级的文学，不讲被统治阶级的文学。今天以人民的立场来讲文学，对统治阶级的文学亦不抹煞。

观察中国的社会，有下面几个阶段：

一，奴隶社会阶段；

二，自由人阶段；

三，主人阶段。

奴隶社会的组织是奴隶和奴隶主，自由人是解放了的奴隶，战国和西汉的奴隶气质在文学上很明显，魏晋以后嵇康阮籍解放了，但由建安到今天都无大变。

建安前是奴隶文艺，建安后是自由人的文艺，奴隶的反面不是自由人，奴隶的反面是主人。西方民主国家还要争自由，何况中国。奴隶是有主人的奴隶，自由人是脱离主人的奴隶，今后的主人，则是没有奴隶的主人，有奴隶的主人是法西斯。

现在再看每个阶段的特质。

（一）奴隶阶段：——

今天所谓奴隶与历史上的奴隶不同，真性奴隶是无身体自由的，使其身体亏损如劓，刖，墨，荆，宫等是奴隶的象征，再一种是手铐脚镣的束缚，这可呼为真性的奴隶。和这相反的要身体有自由发育，自由活动的才是主人。在真性奴隶社会中作业是分工的，主人也做事，大致为君，为政，战争，行刑是主人干的，他做事是自由的。奴隶的事，一是物质生产的技术，如农工等类；一是非物质的生产，如艺术，卜卦，算命，音乐。统治者担任的是治术，奴隶担任的是技术和艺术。技术供主人消费，艺术供主人消遣。历史上有名的音乐家师旷是瞎子，可以作为证明。

古代的艺术家是奴隶干的，如王维在《唐书》上就没有他的传，因为他是奴隶，干艺术是下流的，像今天看戏子如娼妓是一个样。荆轲的好友高渐离会击筑，为秦始皇挖去二目再来听他的音乐。如果身体不亏损，你就只能作汉武帝时候的李延年，汉武帝当他作女人看。

真性奴隶社会在战国时是没有了，在春秋时即已逐渐瓦解。但奴隶社会的遗留太多，太明显，《史记·滑稽列传》淳于髡为齐国赘婿，髡是受剃了发的髡刑的，名字都已证明他是奴隶了。其他屈原，宋玉，东方朔，枚皋，司马迁都是奴隶，司马迁受宫刑是奴隶的标帜，这些人比真性社会的奴隶身体稍自由。

古代艺术家身体上受刨伤，心理上也受创伤，常云"文穷而后工"；厨川白村的《苦闷的象征》谓"不自由即奴隶的别名"。艺术是身体或心理受创伤后产生的花朵，是用血泪来培养的。金鱼很好看，是人看他好看，金鱼的本身并不会觉得好看；盆景也如此。在阶级社会里的文艺都是悲惨的，一般有天才的奴隶为要主人赏识，主人免其劳动而养活他，他就歌功颂德，宣扬统治者的思想，为主人所豢养，他帮助主人压迫其同类。技术奴隶如傅说的板筑。因此我们可以说：一，技术是不自由的劳动；二，文艺是不自由的不劳动；三，治术是自由的不劳动；四，帮闲文人寄生者是不自由的不劳动。

当艺术家作为消闲的工具时是消极的罪恶，但当艺术家去替统治者去作统治的工具时，就成了积极的罪恶。

除了人民自己的文艺之外，一切的文艺都是奴隶作的。今日的文艺传统不是如《诗经》那样由人民的传统来，而是由奴隶来，所以往往作了奴隶的子孙而不自察。

（二）自由人阶段：——

自封建时代奴隶的解放，就有了自由人，自由人的实际地位是自己选择自己的道路，愿不愿作奴隶？儒家愿作奴隶，道家不愿作奴隶。所以：

一、楚狂避世，怕惹祸。

二、杨朱不合作，为我，先顾自己，不管他人是非。你是你，我是我，我不惹你，你莫管我，但承认人家的势力。

三、程明道，程伊川，一个对妓女坐，一个背妓女坐，人家批评他俩一个是目中有妓，心中无妓，一个是目中无妓，心中有妓。这种是忘了你我，逃避在观念社会里，我不见妓女，就没有妓女。

四、庄周梦为蝴蝶，但庄周并不能为蝴蝶。

前三种是逃避他人，庄周却逃避自己。

五、东方朔避世朝廷，小隐山林，大隐朝廷，只要我心里没有官，作了官也等于不作官。

六、唐司马承祯居长安终南山，为作官的终南捷径，后来就作官。

七、先作官而后归隐。

八、可怜主人而去帮忙。

以下道家儒家不能分。这些人象征思想的解放，春秋后此种思想即已产生，东汉魏晋以至今日，都是这一种传统没有变。到了近一百年，除了作自己人的奴隶外，还要作外国人的奴隶。

自由人是被解放了的奴隶，但我们今天还一直跟着这后尘。

上面列举的前四种人的态度是诚恳的，自己求解放，后面几种人都是自己骗自己。由魏晋到盛唐，勉强可以，以后就不行了。唐以后的诗不足观，是人根本要不得，前面的解放只是主观的解放，自己在麻醉自己，自己麻醉不外饮酒，看花，看月，听鸟说甚，对人的社会装聋，表现在艺术作品中的麻醉性，那就更高。魏晋艺术的发展是将艺术作麻醉的工具，阮籍怕脑袋掉是超然，陶潜也是逃避自己而结庐在人境，是积极的为自己，阮是消极的为人，阮对着的是压迫他的敌人，是有反抗性的；陶没有反抗性，他对面没有敌人，故阮比陶高。阮是无言的反抗，陶是无言而不反抗，能在那里听鸟说甚，他更可以要干什么便干什么。

西洋艺术为宗教，解放后的自由人则为艺术而艺术，到贵族打倒后，没有反抗性而变为消极的东西。

总结以上有怠工的奴隶，有开小差的奴隶，有以罢工抬高价钱的奴隶。各种奴隶都有，但没有想作主人的。这些人虽间不容发，但是都没有想到当主人；倒是农民想要当主人反而当成了，如刘邦，朱元璋是；张献忠，李自成，洪秀全等是没有当成功的。士大夫只想做官，只想到最高的理想最大胆的手腕是作一人之下万人之上的宰相，这种人不需要革命，无革命的观念和欲望，故士大夫从来不需要革命。农民从来不得到主人给他的面包渣，骨头，故他可以反抗，可以成功。

往后要作主人，要作无奴隶的主人。

（三）主人阶段：——

自由人不是主人，但像主人，似是而非，士大夫作自由人就够了，无需为主人，等自由人的自由被剥夺了，成了有形的奴隶，他就可以回头来帮助别人革命，最不能安身的是奴隶农民，因为他无处藏身，他就要起来积极地革命。

法西斯要将人都变成奴隶，每个人都有当奴隶的危机，大家要反抗，抗了法西斯，不仅要作自由人，而是要真正作主人。

所以我对于战后文艺的道路有三种看法：

一，恢复战前。

二，实现战前未达到的理想。

三，提高我们的欲望。

前两种都较消极，第三种却是积极的提高，因为打了仗后，人民理想的身价应与今日的通货膨胀一样的增高，今日有人要内战，我们当然要更高的代价，这是历史发展的必然性，战后之文艺的道路是要作主人的文艺。有了战争就产生了我们新的觉悟，我们认清自己身份的本质，我们由作奴隶的身份而往上爬，只看见上面的目的地而只顾往上爬，不知往下看，虽然看见目的地快到，但这是我们的幻觉，这是有随时被人打下来的危险，我们不能单往上看，而是要切实的往下看，要将在上面的推翻了，大家才能在地上站得稳。由这个观点上看：如果我们仅只是追求我们更多的个人自由，让我们藏的更深，那就离人民愈远。今天我们不这样逃，更要防止别人逃，谁不肯回头来，就消灭他！

我们大学的学院式的看法太近视，我们在当过更好一点的奴隶以后，对过去已经看得太多，从来不去想别的，过去我们骑在人家颈上，不懂希望及展望将来的前途，书愈读的多，就像耗子一样只是躲，不敢想，没有灵魂，为这个社会所限制住，为知识所误，从来不想到将来。

将来这条道路，不但自己要走，还要将别人拉回来走，这是历史发展的法则，如果还有要逃的，消灭他，服从历史。

名誉谈

处百龄之内，居一世之中，倏忽比之白驹，寄寓谓之逆旅。所谓结驷连骐之游，侈袚执圭之贵，乐既乐矣，特黄粱一梦耳。其能存纪念于世界，使体魄逝而精神永存者，惟名而已。名之大小久暂，常视其有益于一群之深浅高下以为之衡，吾辈今日所享之文明，其何以致之，皆古人好名之一念所留耳。文明无极境，故求名之心亦无穷期。所求之名大，其所遭拂戾之境益众，而其人之价值亦与俱高。古今丰功伟烈，当其发端之始，莫不有至艰至险之象横于其中，稍一迟回立归失败。惟有此千古不朽之希望，以策其后，故常冒万难而不辞，务达其鹄，以为归宿。古来豪杰之士，恒牺牲其及身现存之幸福，数濒于危而不悔者，职此故耳。然则名之一字，固斯人第二之生命，而九洲风云之生气，所以稽天柱而纽地维者也。孔子曰：君子疾没世而名不称焉。孟子曰：好名之人，能让千乘之国，苟非其人，箪食豆羹而见于色。（此章赵注本极分明，自晦庵误解，翳障始生，宋儒贱名学说，半以此为根据，不知其字正上文好名者之代名词，明白易晓，过于求深，反不辞矣。是故文法不可以不急讲也。）圣人之重名也至矣。惟老氏始以名为大戒，其言道也，曰无名天地之始；其训世也，曰为善无近名。今讲圣贤行义达道之学，而傅

之以老庄绝望弃智之旨，吾不知其何说也。自秦汉以及唐，好名之念，犹未绝于士大夫之心，跅弛不羁之士，史不绝书，而国威赖以不替。洎宋学家言，风靡一世，神州俗尚，为之一变，尚知足而绝希望，重保身而戒冒险，主退让而斥进取，谬种传流，天下事乃尽壤于冥冥之中。千年以来，了无进步，而退化之征，不一而足。束身自好之士，读孔孟之书，而坚守老子不为天下先之教，凡慷慨尚气磊落光明者，皆中以好名之咎而摈斥之。彼乡里谥为善人，庙堂进为耆德者，曾无雄奇进取之气，惟余靡靡颓惰之音。宋明之丧，皆若辈之毒炎致之耳。士生今日，人格之高下，当以舆论之荣辱判之；而舆论予夺之衡，必以有益于人群与否为准，凡一切独善其身之说，皆斯世之蟊贼也，学者苟力崇进取，不避艰难，以急功近名之心，而蕲于开物成务之哲，神州之患，岂无瘳乎。而我清华士子，际此清年，旭日方东，曙光熊熊，叱咤羲论，放大光明以嚇耀寰中。河出伏流，狂涛怒吼，乘风扬帆，破万里浪，以横绝五洲，腾云驾雾，海阔天空，美哉前途，郁郁葱葱，大好良机，正吾人大有作为之日，幸勿交臂失之也。岳武穆词云，"莫等闲，白了少年头，空悲切"，良有以也。

闻　多

闻多，字友三，亦字友山，湖北蕲水人。先世业儒，大父尤嗜书，尝广鸠群籍，费不赀，筑室曰"绵葛轩"，延名师傅诸孙十余辈于内。时多尚幼，好弄，与诸兄竞诵，恒绌。夜归，从父阅《汉书》，数旁引日课中古事之相类者以为比。父大悦，自尔每夜必举书中名人言行以告之。十二岁，至武昌，入两湖师范附属高等小学校。甫一载，革命事起，遂归。翌年春，复晋省，入民国公校。旋去而之实修学校。越月，试清华，获选。来校时，距大考仅一月，又不审英文，次年夏，遂留级。喜任事，于会务无洪纤剧易悉就理。所见独不与人同，而强于自信，每以意行事，利与钝不之顾也。性简易而慷爽，历落自喜，不与人较短长；然待人以诚，有以缓急告者，虽无赀，必称贷以应。好文学及美术，独拙于科学，亦未尝强求之；人或责之，多叹曰："吁！物有所适，性有所近，必欲强物以倍性，几何不至抑郁而发狂疾哉？"每暑假返家，恒闭户读书，忘寝馈。每闻宾客至，辄踧踖隅匿，顿足言曰："胡又来扰人也！"所居室中，横胪群籍，榻几恒满。闲为古文辞，喜敷陈奇义，不屑屑于浅显。暇则歌啸或奏箫笛以自娱，多宫商之音。习书画，不拘于陈法，意之所至，笔辄随之不稍停云。

《烙印》序

克家催我给他的诗集作序，整催了一年。他是有理由的。便拿《生活》一诗讲，据许多朋友说，并不算克家的好诗，但我却始终极重视它，而克家自己也是这样的。我们这意见的符合，可以证实，由克家自己看来，我是最能懂他的诗了。我现在不妨明说，《生活》确乎不是这集中最精彩的作品，但却有令人不敢亵视的价值，而这价值也便是这全部诗集的价值。

克家在《生活》里说：

"这可不是混着好玩，这是生活。"

这不啻给他的全集下了一道案语，因为克家的诗正是这样——不是"混着好玩"，而是"生活"。其实只要你带着笑脸，存点好玩的意思来写诗，不愁没有人给你叫好。所以作一首寻常所谓好诗，不是最难的事。但是，做一首有意义的，在生活上有意义的诗，却大不同。克家的诗，没有一首不具有一种极顶真的生活的意义。没有克家的经验，便不知道生活的严重。

一万枝暗箭埋伏在你周边，

伺候你一千回小心里一回的不检点，

这真不是好玩的。然而他偏要嚼着苦汁营生，

象一条吃巴豆的虫。

他咬紧牙关和磨难苦斗,他还说,

同时你又怕克服了它,

来一阵失却对手的空虚。

这样生活的态度不够宝贵的吗?如果为保留这一点,而忽略了一首诗的外形的完美,谁又能说是不合算?克家的较坏的诗既具有这种不可亵视的实质,他的好诗,不用讲,更不是寻常的好诗所能比拟的了。

所谓有意义的诗,当前不是没有。但是,没有克家自身的"嚼着苦汁营生"的经验,和他对这种经验的了解,单是嚷嚷着替别人的痛苦不平,或怂恿别人自己去不平,那至少往往象是一种"热气",一种浪漫的姿势,一种英雄气概的表演,若更往坏处推测,便不免有伤厚道了。所以,克家的最有意义的诗,虽是《难民》《老哥哥》《炭鬼》《神女》《贩鱼郎》《老马》《当炉女》《洋车夫》《歇午工》,以至《不久有那么一天》和《天火》等篇,但是若没有《烙印》和《生活》一类的作品作基础,前面那些诗的意义便单薄了,甚至虚伪了。人们对于一件事,往往有追问它的动机的习惯,(他们也实在有这权利,)对于诗,也是这样。当我们对于一首诗的动机(意识或潜意识的)发生疑问的时候,我很担心那首诗还有多少存在的可能性。读克家的诗,这种疑问永不会发生,为的是有《烙印》和《生活》一类的诗给我们担保了。我再从历史中举一个例。作"新乐府"的白居易,虽嚷嚷得很响,但究竟还是那位香山居士的闲情逸致的冗力(Surplus Energy)的一种舒泄,所以他的嚷嚷实际只等于猫儿哭耗子。孟郊并没有作过成套的"新乐府",他如果哭,还是为他

自身的穷愁而哭的次数多，然而他的态度，沉着而有锋棱，却最合于一个伟大的理想的条件。除了时代背景所产生的必然的差别不算，我拿孟郊来比克家，再适当不过了。

谈到孟郊，我于是想起所谓好诗的问题。（这一层是我要对另一种人讲的！）孟郊的诗，自从苏轼以来，是不曾被人真诚的认为上品好诗的。站在苏轼的立场上看孟郊，当然不顺眼。所以苏轼诋毁孟郊的诗。我并不怪他。我只怪他为什么不索性野蛮一点，硬派孟郊所作的不是诗，他自己的才是。因为这样，问题倒简单了。既然他们是站在对立而且不两立的地位，那么，苏轼可以拿他的标准抹杀孟郊，我们何尝不可以拿孟郊的标准否认苏轼呢？即令苏轼和苏轼的传统有优先权占用"诗"字，好了，让苏轼去他的，带着他的诗去！我们不要诗了。我们只要生活，生活磨出来的力，象孟郊所给我们的。是"空螯"也好，是"蜇吻涩齿"或"如嚼木瓜，齿缺舌敝，不知味之所在"也好，我们还是要吃，因为那才可以磨炼我们的力。

那怕是毒药，我们更该吃，只要它能增加我们的抵抗力。至于苏轼的丰姿，苏轼的天才，如果有人不明白那都是笑话，是罪孽，早晚他自然明白了。早晚诗也会打一下脸，来一个奇怪的变！

一千余年前孟郊已经给诗人们留下了预言。

克家如果跟着孟郊的指示走去，准没有错。纵然象孟郊似的，没有成群的人给叫好，那又有什么关系？反正诗人不靠市价做诗。克家千万不要忘记自己的责任。

旅客式的学生

洋楼，电话，电灯，电铃，汽炉，自来水；体育馆，图书馆，售品所，"雅座"，电影；胡琴，洋笛，中西并奏，象棋，"五百"，夜以继日，厨房听差，应接不暇，汽车胶皮，往来如织——你看！好大一间清华旅馆！"只此一家""中外驰名"的旅馆！如何叫他的生意不发达呢？于是官僚来养病，留学生来候补差事，公子少爷们来等出洋——我说"等"出洋，不是预备出洋。旅馆底生意好了。掌柜的变大意了，瞧不起旅客了！旅客不肯受他的欺负，就闹起来要改良旅馆。诸位！想一想，你们旅客有什么权柄可以要求旅馆改良！你们爱住不住！你们改良了旅馆，于你们有什么利益？等到旅馆改良了，你们已经走了。

中国有一位文学家讲，"天地者万物之逆旅"。呸！这是什么话？中国的文化底退步，就是这般非人的思想的文学家底罪孽。人类是进化的。我们生到这个世界来，这个世界就是我们的。我们的天性叫我们把这个世界造成如花似锦的，所以我们遇着事，不论好坏，就研究，就批评，找出缺点，就改良。这是人底天性，没有这种天性，人不会从下等动物进化到现在的地位，失这种天性，社会就会退化到本来的地位。

我们把眼光放开看，我们是社会底一分子，学校是社会里一

种组织，我们应该改良社会，就应从最切近的地方——我们的学校做起点。学校是我们的家——不是我们的旅馆。学校之中，学生是主体，职员，教员，校役都是客听。对于学校，我们不负责任，谁负责任呢？有人自视为世界底旅客，就失了做人的资格；有学生自视为学校底旅客，就失了做学生的资格。

旅客式的学生有三种。对待他们的方法有四种。实行这四种方法，才是真正的改良。

（一）旅客式的少爷学生。贵胄子弟，自己可以出洋的，年纪太轻，不能立刻出洋，先要在本国等一等！但上了别的学校，又太吃苦了，只有清华旅馆里"百应俱全"，刚合少爷们的身份。所以他们除了打球，唱戏，"雅座"，售品所以外，不知道别的。对于功课，用"满不在乎"四字了结他。横竖他们是不靠毕业出洋的，他高兴几时走，就几时走。这种旅客式的学生，是人人承认的。

（二）旅客式的孩子学生。清华中等科底学生有住过高等小学的，有住过初等小学的，有住过幼稚园的，有什么也没有住，乳臭未干的婴儿，总之真正高小毕业，刚合中等科程度的有几个？这般同学，当然不能怪他们没有成人的思想。等他们毕了中等科的业，到高等一二年级，还是年纪很轻。就算到了成人的年岁，还脱不了孩子气。他们初进学校底目的，固然跟少爷学生不同，不过他们的行为跟少爷们一样的。他们年幼连自己本身都顾不了，还说别的吗？

（三）旅客式的书虫学生。有一般人本知道学校应该改良，但是出洋问题要紧。功课一急竞争的烈，每天点洋烛的工夫都不够,不用说别的。所以他们目击各种腐败的情形,也只好叹一口气道曰:"没有法子!"这种学生,也是旅客式的学生。他们是读书的旅客,同那打球,唱戏,"雅座",售品所的旅客,不过是臧与穀底比例。

以下是整顿旅客式的学生底方法。

第一种旅客式的少爷学生可算是不可救药了。他们横竖不是来念书的。如果要住旅馆,他们有的是钱,六国饭店,比清华旅馆舒服得多呢。

第二种,对于旅客式的孩子学生,也没有别的办法。他们没有到上学的年纪,最好是不要来,免得他们的父母担忧。他们上学还要带听差来替他们铺床叠被,收检衣服;他们不会用功,还要请高等科的学生当他们的"指导员"。清华中等科不是幼稚园,高等科的学生,也不是来替人家管孩子的,这些幼稚园的儿童应该送到幼稚园里去。

第三种,旅客式的书虫学生,我们只好鼓励他们,劝他们,把读书底勇气,分一点到书本外头来。

第四种,在学生一方面,固然应当自己觉悟,打破这种旅客式的思想,但是学校一方面,也应当有一番整顿,使得那些旅客式的少爷,孩子们,不会混到学堂里来,并且同时解放这种玉成学生底奴隶性的积分制度,庶几学生不致把一切都牺牲到书卷本里去了。

清华底出版物与言论家

　　清华的出版改良，自从在"去张"运动底风潮里酝酿成熟了，后来便七节八枝，荆天棘地，急进的既灰了心，守旧的也瘪了气，于是风波陡落，一觉瞌睡睡到今年四月，《周刊》才醒起来了。《学报》底纠葛更深，到暑假前才有集稿部底会议同宣言，也算他睁开眼皮，打了一口呵欠。但就那七期《周刊》底成绩论，我们的出版界敢吹改良两字吗？改良就是换上几句白话文，插进几个新标点吗？《周刊》如此，《学报》可知。唉！清华底出版物！清华底言论家！

　　但这是集稿员底过吗？——集稿员也不能尽辞其咎——不过最大的罪名，应加在全体同学里那一部分负有言论底特殊责任的身上。怎样讲呢？我们既采了集稿制，供给言论底泉源就在集稿部外——在全体同学里。但根据分工论，一校内人人应各依他的本能底特长，在各种课外作业里，择负一种责任；言论就是这许多责任中间底一种。（这里负责是对于学校的，不是个人的；"挖"是个人的责任，有人当他对于学校的责任，自然变了分数底奴隶。）不是说言论家以外，就没有别人可以发表言论，他们在执行他们的职务底余暇，也应该时时告些奋勇，大大方方地讲几句话。

言论同社会底关系是怎样呢？人人底脑筋都有受对象底载刺而起冲动底本能，环境里有这个缺点，我们的脑海里才起这种"不快感"；有这种感觉，影响到理性底活动，才有这种理想；有这种理想，才发为这种言论，口头的或笔著的。所以每篇言论，在环境里，必有个确定的根据；环境不需要这种言论，这篇言论就无从产出；人人不肯发表这篇言论，这个需要，就永远不能补足。言论里所包含的解决问题底方法，不一定都同环境底需要，针锋相对，但社会自有裁判力，决不致盲从，所以取舍言论，是社会底事，联续地接济社会取舍底材料，是言论家底事。

言论家当然包括两种，口头的同著作的。出版物所欢迎的，是著作的言论家，其余一种，有与没有，跟他毫无关系。清华出版物不能发达，只因一般言论家都巧避著作，争趋口论底一条道上。记者不知道别人，却愿将我个人现在所以渐趋这"搁笔派"底原因照直供来，做大家讨论底资料，借以忐我的罪。

自己缺少心性底修养，失了批评家底地盘，见了别人底行为，本能辨得黑白分明，只不敢提起笔写。关于学术问题底讨论，自己的脑筋干枯，读书还读不及，那有工夫著作呢？而且稍稍一开书本，更像河伯到了海洋似的，那里还有胆量去著作呢？再加平日专喜冷讥热嘲地批评别人，所以每到提起笔来，就仿佛看见那里森森地排着无数的韩仇的笔锋，等着这张纸一出世，便一齐射来似的。于是骇得"风声鹤唳，草木皆兵"，甚至有一篇稿子写完了，终久不敢塞到投稿箱里去。这种由懦弱产出的滑头政策为个人计，未尝不是上策；殊不知言论是为社会的，那能

107

带着一点主观的滋味？纵他惹起社会底反击，那更应是我们无任欢迎的了。

像我这样不才，原不足轻重。还有一般品学远出我上的朋友们，老手的言论家，现在既流入"搁笔派"了，新进的，天天喊道："研究！批评！改造！奋斗！"但查查他们所发表的言论，也是比凤毛麟角还稀奇些呢。我希望他们都有他们的充分的理由，足以塞同学底口实，我不希望，却又害怕他们同我患了一样的"怯弱症"。唉！鼓吹出版改良，不是我们这般朋友吗？到了实行改良底时候，一个个却都"噤若寒蝉"呢！周君念诚在他的《投稿用别名是不负责》里骂道："所以卑怯的作者更是狡猾，更是盗窃，我无以名之，名之曰蟊贼。"我说用别名，"隐在雾里放暗箭"，总算是有责任心的呵！一张白嘴，说得天花乱坠，嘴唇一关，都化为乌有了，谁还能代他负责呢？大家抱着"搁笔"主义，比抵制仇货还狠心些，可怜那两家铺子，再不关门，才怪呢！

但是诸君不要误会，以为我把口头的言论家，当作一文不值。其实，是言论，我都尊敬，不过对于著作的言论家，比清谈的言论家还要十倍地尊敬。须知更有"三缄其口"的金人，那才真是社会底蟊贼。中国人最卑劣的表德，就是"顾面子"，"不好意思"。多多批评，多多发表言论，正是打破这种恶习，练习公开的精神底妙法。你骂完了我，我又骂你，两人都受了"闻过"底益。梁山泊底弟兄，不打不亲热；世界上那有公开底快乐？

朋友们总说我们那里想的清华出版物底实现，是不可能的，试问我们可曾奋斗到最末的一分钟？现在正当一个学年底新纪元，上半年还只一家《周刊》，现在《学报》也快开张了，零售趸批，家家缺货。我谨将这两句话送给言论界底同行们，做首座右铭，并祝两家出版物底生意兴隆：

"小心些做文章！大胆些发表文章！"

恢复伦理演讲

自从杜威博士底演讲以后，伦理演讲便变为学术演讲了；杜威讲的还是关于伦理底学说，杜威以后竟成纯粹地学术的演讲，与伦理毫无关系。这个变更，在学校，是有意的还是无意的，我不知道。他的得失，从来没有人讨论过；大概同学中大多数是不关心的，小部分醉心知识的人是欢迎的；而我却以为这个变更于全校底思想同风气（即"道德的音调"）很有影响，这确是学校底一个大错误。

我们承认现在我们学校风气底堕落，思想底鄙陋，几乎到了无以复加之点。其原因固甚复杂，我以为取消伦理演讲，也是一端。伦理演讲虽没有积极地提高"道德音调"之力，可是确有"杜渐防微"，禁恶于未萌底一种消极的功用，至少也能指示给我们什么是善，什么是恶，使我们知道世界上还有个真确纯粹的是非。（我们作事纵然不能一一行规蹈矩，只要出了轨道的时候，自己知道出了轨道，也是好的。）所以伦理演讲底功用便是劝善。学校有章程，犯章便记过，开除；这是惩恶。有惩恶而无劝善，是什么教育？

现在一般青年完全是唯物思想底奴隶，除了装智识，炼身体以外，不知有别事。新思潮冲进之后，孔子底偶像打碎了，旧有的社会的裁制，不发生效力了，西方来的宗教又嫌他近乎迷信，不合科学精神，而对于艺术又没有鉴赏底能力，于美育底意义更无从捉摸，于是这"青黄不接"时期，竟成了"无法无天""洪水猛兽"底时期了！

发达精神的生活，以调制过度的物质生活底流弊，只有三种方法：1. 伦理，2. 宗教，3. 艺术。而这三者之中，数伦理为最下乘。现在我姑且"卑之无甚高论"，只要小心地使用这最下乘的方法，也就聊胜于无。不料我们连最下乘的也得不着，并且一方面还有那万恶的电影百方地诲淫诲盗；长此以往，那只好让我们慢慢变成禽兽了罢！

学校只管天天在科学记分法同实效试验上推敲，于我们的智识同身体，倒都照料得很周到，可是对于我们的精神上的训养，满没有理会。上次忽然有个赖大夫演讲"心灵的卫生"，真乃破天荒的大奇事。从卫生上去劝人讲道德是否完善的方法，还是个问题。但是不知道再等几年才能再得一次这样的福音呢！

牺牲伦理演讲，改为学术演讲，或者于我们的知识上还有点辅助罢？但是不然。我们大多数的人一个星期里被功课忙得要死，到这天还加上几点钟底听讲，听的又是格格不入，坚深玄妙的哲理，此杜威之所以有"催眠"之号，同以后的演讲之所以不能"叫座"底原因。名人演讲偶尔有一次，是很好的，但是那是为名人去听讲，不是为求知识去听讲。至于长期的学术演讲，一般对于那门学术有兴趣的人固是欢迎，但是照近来的情形，拿他们同全体同学比较，才不过十分之一。学校与其费许多精力请来长期演讲员，十分之九的同学受不着益处，不如随时帮助各研究学术的会请几个演讲员，倒可以减少各会关于这项进行的困难，因此可以促进学会同学术的发达呢。

不过恢复伦理演讲有两件事要注意：（一）材料问题；（二）人底问题。鼓励崇拜英雄的演讲，务当屏弃；如从前讲的威廉第二同钢铁大王康奈奇底传略等题，讲给我们听，便同教我们杀人打劫一样。讲伦理的人，自身须可以作人的模范，至少也不当被听者鄙厌，因为这于听者底心理上很有关系。愿当事者特别注意这两层。若叫"望之不是人君"的人讲那强盗式或市侩式的英雄底事迹，便成"非伦理的"演讲了。这样的演讲反不如没有。

痛心的话

"不教民战"的办事人同，

"漏网之鱼"的学生，听者！

学校近来开除了三个人，"大快人心"的事。一因害群之马，毕竟驱除了；二因他表明学校管理底当事者，毕竟没有十分睡着。

但是学校素来于积极的训善底事毫不注意，一旦学生犯了规矩，就要开除。"不教民战，是谓弃之。"办事人怎样对得起这几个学生底家庭？怎能问得过自己的良心？

"前车之覆，后车之鉴"，同学从此也自加勉励，再切莫入歧途了。那些"漏网之鱼"，尤急当痛改前非，切莫恃着你们"洪福齐天"，以为可以永远"消遥法网之外"，逃脱"最末的审判"！愿同学帮着办事人睁开眼睛监守着他们，若他们还不能改过，那真是不堪造就，便是淘汰了，也不足惜。

恢复和平！

在一个颠倒错乱的畸形的社会之中，一切的事变，几乎都要用颠倒错乱的方法去应付；这样积久而铸成习惯，畸形的观念沉到人们底脑经底下去着土生根了，他们便径直认权为经，安变如常了。这种现象是新旧过渡程中底一个大礁石。溯其来因可分两端：

一、社会现状底反响　"莫赤匪狐""莫黑匪乌""司空见惯"，印象深刻；于是见了公共机关，不问青红皂白，便一概地痛心嫉首，如对蛇蝎一般。观察地对象，本没有丝毫变更，我们偏看出千形百态光怪陆离来了，其实都是我们的主观的幻象。在心理学里Illusion底一种原因是Frequency。如今我们看着一切的公共机关都是一种黑幕底Illusion，便是从前看多了公共机关底黑幕底结果。

二、新思潮底遗毒　几千年底缰锁，一朝打破；蠢动泛驾底原始的冲动，如同被压而未熄的薪火一般，忽遭新思想底干风一吹，不觉燎原大烧起来。可怜的时代底牺牲者，他们的神经竟被波尔希维克的赤帜螫得发狂了。一个著名的美国画家讲：假若一个发怒的神灵要用一种特别地酷暴的刑具惩罚人类，再没有什么东西，比将全世界底绿色都变成赤色更可怕些的。在这样一个赤色的世界之中，人类不久定都变成疯子了。俄罗斯底赤色在中国的影响，大概同这差不多。青年们竟以为解放便抹杀一切法律主权同习惯，以为社会的平等便包括知识的平等呢。这不是疯癫是什么？

若要挽回这种狂澜，没有别的方法，全在我们善于驱使理智节制感情。换言之，我们的头脑都太热了，若能少任血性，多用考虑，便不致有这种毛病。

出虎进狼，以暴易暴。好好一颗桔树，渡过淮水了，便度成枳树。其实这也不过是人类底长久的历史中一个片段里底现象，正如人生七八十年中一两天底疾病罢了。那里便可以判决凡是执事的都是奸恶，更那里可以迁怒嫁怨，囫囵地宣布一切行政机关底死刑呢？一方面我们既相信公共事业是要人做的，又相信公共事业是有人能做配做的，但是一方面又因一时的失望便要不分玉石捣乱一切。长照这样闹下去，只恐怕终久闹得天翻地覆才完事呢！

时局蜩螗，学生不得不抛了书本来倡一种运动，校事弛废，学生又不得不偷着间暇去倡一种运动。这并不是说学生总是比当轴高明些，应该起而代庖。乃是外界既不幸有了这些麻烦生厌的畸形的状况，我们也只得耐着性儿破一个例，帮助大家把不正的扭正了，非常的复常了；为的是要这样，我们才好安心乐业做我们应做的事。所以我们没有恢复原状底机会则已，若有了，那肯不捉住这机会做去的呢！

况且我们是社会的一份子。社会的幸福建于秩序与和平的基础上。所以他的秩序将破则维持，既破则恢复才是我们的天职。

爱和平重秩序，是我们中国民族底天性。我不愿我们青年一味地眩于西方文化的新奇，便将全身做了他的牺牲。

和平秩序之不见于清华久矣。如今他似乎又隐约地在我们目前盘旋，我们千万要拉住了欢迎回来。所以我们的太烘热的脑经要尽力地冷下来，我们要尽力地想象以置身于太平景象之中，用慈祥赤裸的心相待。我们要快把那不受缰锁的，安那其的（Anarchical），浮躁，蠢野的"赤"气摆脱，三熏三沐降心屏息地整顿大局。万一不幸又有需要我们的时候，我们不妨再破一个例出来趋应责任的诏命。但是我们总要记着这是一个例外万不得已的事！在不需要这种举动时，最好不要枉费精神。

我们学校与当局一向取对敌的态度，一言一动，辄藏机心。如今我们若认为这种态度是用不着的呢，便不妨抛掉了他。还是和衷共济赤诚相待的，舒服得多，痛快得多。我们对于我们自主的机关学生会，一向都没有信用，没有敬心。我们知道要使清华振起一点新气象来，非借学生会为工具不可。假若我们认为他不满意，便急起用正大光明的方法图谋改良。假若看不出要改良的地方，便需信他，敬他，护他，爱他。不要随随便便就大书特书地，说他庸懦，说他专横，忤辱他的人格。在法律中公共机关称为"法人"（Artificial Person），寻常我们若随便出条骂人，被骂人必拉我们上斋务处去要我们赔偿名誉。须知学生会是个"法人"，他的名誉也是不好随意毁败的，他的人格也是不好随意忤辱的。

同学之间若得相亲相爱还是这样为好。我们常常猜疑某某为政客，某某为流氓，某某为军阀，其实都是我们主观的判断。我们若大家平心静气存点恕道,这些名词根本地都消灭了。其实我是一个人,别人也是一个人,难道我们好别人就那样坏吗?中国人最讲究家族主义。我们若能将对待家人底一种和爱的心境来施及于学校,假定校中人个个都是我们的家人,那就好了。

如今校中各方面(学校与学生,学生与学生)的捣乱也捣够了。乱极思治,人同此心。大家何必不即早回头呢!诸君!我们的梦做得久了;黎明来了,我们醒罢!

败

　　毕业后十二年，又回到母校，碰上第五级同学将毕业，印行年刊，要我几句话作纪念。这话应该有的是可说说的。真的，话太多，不知从何处说起。所以屡次抵赖，想索性不说了，正因这缘故。

　　要当兵，先去报名入伍，检验体格，及格了，才算一名入伍兵。（因为体格不合，以及其他的关系，求当兵而当不上的多着呢！）三个五个月不定，大早上操，下半天上讲堂，以后是野外实习，实弹射击。兵丁入伍以后，营盘里住下一年半载，晓得步法阵势射击等等，但是还算不得一个兵。要离开营盘，守壕冲锋，把死人踩在脚下，自己容许也挂了彩，这人才渐渐像一个兵了。什么时候才真正完成当兵的意义？打了败仗，带着遍体的鳞伤回来，剩下一丝气息，甚至连最后的这一点也没有，那也许更好。一个兵最大的出息，最光明的前途，是败，败得精光。

　　朋友们，现在我欢送你们这支生力军去应战。三年五年，十年八年后，再遇到你们，要看见你们为着争一个理想而赢来的那遍体的鳞伤。去了！我祝福你们——败！

　　可讲的话虽多，但精义已包括在这里了。恭维的话，吉利的话，是臭绅士的虚伪，我鄙弃，想你们也厌恶。

青　岛

　　海船快到胶州湾时，远远望见一点青，在万顷的巨涛中浮沉；在右边崂山无数柱奇挺的怪峰，会使你忽然想起多少神仙的故事。进湾，先看见小青岛，就是先前浮沉在巨浪中的青点，离它几里远就是山东半岛最东的半岛——青岛。簇新的、整齐的楼屋，一座一座立在小小山坡上，笔直的柏油路伸展在两行梧桐树的中间，起伏在山冈上如一条蛇。谁信这个现成的海市蜃楼、一百年前还是个荒岛？

　　当春天，街市上和山野间密集的树叶，遮蔽着岛上所有的住屋，向着大海碧绿的波浪，岛上起伏的青梢也是一片海浪，浪下有似海底下神人所住的仙宫。但是在榆树丛荫，还埋着十多年前德国人坚伟的炮台，深长的甬道里你还可以看见那些地下室，那些被毁的大炮机和墙壁上血涂的手迹。——欧战时这儿剩有五百德国兵丁和日本争夺我们的小岛，德国人败了，日本的太阳旗曾经一时招展全市，但不久又归还了我们。在青岛，有的是一片绿林下的仙宫和海水泱泱的高歌，不许人想到地下还藏着十多间可怕的暗窟，如今全毁了。

　　堤岸上种植无数株梧桐，那儿可以坐憩，在晚上凭栏望见海湾里千万只帆船的桅杆，远近一盏盏明灭的红绿灯飘在浮标上，

那是海上的星辰。沿海岸处有许多伸长的山角，黄昏时潮水一卷一卷来，在沙滩上飞转，溅起白浪花，又退回去，不厌倦的呼啸。天空中海鸥逐向渔舟飞，有时间在海水中的大岩石上，听那巨浪撞击着岩石激起一两丈高的水花。那儿再有伸出海面的站桥，去站着望天上的云，海天的云彩永远是清澄无比的，夕阳快下山，西边浮起几道鲜丽耀眼的光，在别处你永远看不见的。

过清明节以后，从长期的海雾中带回了春色，公园里先是迎春花和连翘，成篱的雪柳，还有好像白亮灯的玉兰，软风一吹来就憩了。四月中旬，奇丽的日本樱花开得像天河，十里长的两行樱花，蜿蜒在山道上，你在树下走，一举首只见樱花绣成的云天。樱花落了，地下铺好一条花蹊。接着海棠花又点亮了，还有踯躅在山坡下的"山踯躅"，丁香，红端木，天天在染织这一大张地毡；往山后深林里走去，每天你会寻见一条新路，每一条小路中不知是谁创制的天地。

到夏季来，青岛几乎是天堂了。双驾马车载人到汇泉浴场去，男的女的中国人和十方的异客，戴了阔边大帽，海边沙滩上，人像小鱼一般，曝露在日光下，怀抱中是薰人的威风。沙滩边许多小小的木屋，屋外搭着伞篷，人全仰天躺在沙上，有的下海去游泳，踩水浪，孩子们光着身在海滨拾贝壳。街路上满是烂醉的外国水手，一路上胡唱。

但是等秋风吹起，满岛又回复了它的沉默，少有人行走，只在雾天里听见一种怪木牛的叫声，人说木牛躲在海角下，谁都不知道在那儿。

复古的空气

近来在思想和文学艺术诸方面，复古的空气颇为活跃，这是值得注意的一个现象。就一般民众讲，文化是有惰性的，而农业社会尤其如此。几千年积下来的习惯和观念，几乎成了第二天性，骤然改动，是不舒服的。其实就这群浑浑噩噩的大众说，他们始终是在"古"中没有动过，他们未曾维新，还谈得到什么复古！我们所谓复古空气，自然是专指知识和领导阶级说的。不过农民既几乎占我们人口百分之八十，少数的知识和领导阶级，不会不受他们的影响，所以谈到少数人的复古空气，首先不能不指出那作为他们的背景的大众。至于少数人之间所以发生这种空气，其原因与动机，可以分作四个类型来讲。

（一）一般的说来，复古倾向是一种心理上的自卫机能。自从与外人接触，在物质生活方面，发现事事不如人，这种发现所给予民族精神生活的担负，实在太重了。少数先天脆弱的心灵确乎给它压瘪了，压死了。多数人在这时，自卫机能便发生了作用。本来文学艺术以及哲学就有逃避现实的趋势，而中国的文学艺术与哲学尤其如此。中国人现实方面的痛苦，这时正好利用它们来补偿。一想到至少在这些方面我们不弱于人，于是便有了安慰。说坏了，这是"鱼处于陆，相濡以湿，相嘘以沫"的自慰的办法。说好了，人就全靠这点不肯绝望的刚强性，才能够活下去，活着奋斗下去。这是紧急关头的一帖定心剂。虽不彻底，却也有些暂时的效用。代表这种心理的人，虽不太强，也不太弱，唯其自知是弱，所以要设法"自卫"，但也没有弱到连"自卫"的意志都没有，所以还算相当的强，平情而论，这一类型的复古倾向，是未可厚非的。

（二）另一类型是带有报复意味的自尊心理，凡是与外人直接接触较多，自然也就饱尝屈辱经验的人，一方面因近代知识较丰富，而能虚心承认自己落后，另一方面，因为往往是社会各部门的领袖，所以有他们应有的骄傲和自尊心，然而责任又教他们不能不忍重负辱，那种矛盾心理的压迫是够他们受的。压迫愈大，反抗也愈大。一旦机会来了，久经屈辱的自尊心是知道图报复的。于是紧跟着以抗战换来的民族荣誉和国家地位，便是甚嚣尘上的复古空气。前一类型的心理说我们也有不弱于人的地方，这一类型的简直说我们比他们高。这些人本来是强者，自大是强者的本色，民族荣誉和国家地位也实在来得太突然，教人不能不迷惑。依强者们看来，一种自然的解释，是本来我们就不是不如人，荣誉和地位是我们应得的。诚然！但是那种趾高气扬的神情总嫌有些不够大方吧！

（三）第三个类型的复古，与其说是自尊，无宁说是自卑，不少的外国朋友捧起中国来，真使我们茫然。要晓得西洋人本性是浪漫的，好奇的，甚至是怪僻的，不料真有人盲从别人来捧自己，因而也大干起复古的勾当来。实在是这种复古以媚外的心理，也并不少见。

（四）如果第三种人是完全没有自己，第四种人便是完全为自己打算的。有的是以复古来掩饰自己不懂近代知识，多半的老先生们属于这一类，虽则其中少年老成的份子也不在少数。有的正相反，又以复古来掩饰自己不大懂线装书的内容，暴发户的"二毛子"属于这一类，虽则只读洋装书的堂堂学者们也有时未能免俗。至于有人专门搬弄些"假古董"在国际市场上吸收外汇，因而为对外推销的广告作用，不得不响应国内的复古运动，那就不好批评了。

复古的心理是分析不完的。大致说来，最显著的不外上述的四个类型。其中有比较可取的，有居心完全不可问的。纯粹属于某一类型的大概很少，通常是几种揉合错综起来的一个复杂体。说复古空气是最近新兴的现象，也不合事实。趋势早已在酝酿，不过最近似乎更表面化了一点。为什么最近才表面化？当然与抗战有关。历史在转向，转向时的心理是不会有平静的。转得愈急，波动愈大，所以在这抗战期间，一面近代化的呼声最高，一面复古的空气也最浓厚。

就一般的人说，心理的波动，不足怪，但少数的知识和领导份子，却应该早已认清历史，拿定主意。游移虽不致改变历史，但是会延缓历史的进展，须知我们的时间和精力都不容浪费。

我们的民族和文化所以能存在到今天，自然有其生存的道理在，这道理并不像你所想的，在能保存古的，而是正相反，在能吸收新的。历史告诉我们，中国文化并不是一个单纯的，一成不变的文化，（如果是那样的，它就早完了。）最初东西夷夏两民族，分明代表着两个不同的文化。如果你站在东方，以夷（殷人及东夷）为本位，那便是夷吸收了夏，如果站在西方，以夏（夏、周）为本位，那便是夏吸收了夷。但是这两个文化早已融合到一种程度，使得我们分辨不出谁是主，谁是客来。在血缘上，楚与北方夷夏二族的关系，究竟如何，现在还不知道。无论如何，在文化上，直至战国，他们还是被视为外国人的。逐渐的这一支文化也被吸收了，到了汉朝，南北又成了一家，分不出主客来。究竟谁是我们的"古"？严格的讲，殷的后裔孔子若要复古，文武周公就得除外，屈原若要复古，就得否认《三百篇》。从西周到战国，无疑是我们文化史中最光荣的一段，但从没有听说那时的人站在民族的立场上讲复古的。即便依你的说法，先秦北方的夷夏和南方的楚，在民族上还是一家，文化也不过是大同小异，不能和今天的情形相比。那么，打汉末开始的一整部佛教史又怎样呢？宋明人要讲复古，会有他们那"儒表佛里"的理学吗？会有他们那《西厢》《水浒》吗？还有一部清代的朴学史，也不能不承认是耶稣教士带来的西洋科学精神的赐予。以上都是极显而易见的历史事实，文化史上每放一次光，都是受了外来的刺激，而不是因为死抓着自己固有的东西。

  不但中国如此，世界上多少文化都曾经接触而交流而放出异彩。凡是限于天然环境，不能与旁人接触，或有接触，而自己太傻太笨，不能，因此就不愿学习旁人的民族，没有不归于灭亡的。天然环境的限制，只要有决心，有勇气，还可以用人力来打开，（例如我们的法显，玄奘，义净诸人的故事。）怕的是自己一味固执，不肯虚怀受善。其实那里是不肯，恐怕还是不能，不会罢！如果是这种情形，那就惨了。我深信我们今天的情形，不属于这一类，然而我仍然有点不放心。佛教思想与老庄本就有些相近，让我们接受佛教思想，比较容易。今天来的西洋思想确乎离我们太远，是不是有人因望而生畏，索性就提倡复古以资抵抗呢？幸而今天喜欢嚷嚷孔学，和哼哼歪诗的人，究竟不算太多，而青年人尤其少。

我得强调的声明，民族主义我们是要的，而且深信是我们复兴的根本。但民族主义不该是文化的闭关主义。我甚至相信正因我们要民族主义，才不应该复古。老实说，民族主义是西洋的产物，我们的所谓"古"里，并没有这东西。谈谈孔学，做做歪诗，结果只有把今天这点民族主义的萌芽整个毁掉完事。其实一个民族的"古"是在他们的血液里，像中国这样一个有悠久历史的民族，要取消它的"古"的成分，并不太容易。难的倒是怎样学习新的，因为我们在上文已经提过，文化是有惰性的，而愈老的文化，惰性也愈大。克服惰性是一件难事啊！

有人说，你太傻了，你忘了"儒表佛里"的理学家的道统是从文武周公算起的，而不从释迦牟尼算起，接受西洋科学精神的朴学，仍称为汉学，而不称西学。内容无妨接受人家，外表还得是自己的。这是面子问题，而面子也不能不顾。今天的复古，也可以作如是观。我但愿自己太傻，然而，我又担心拥护复古的人们和我一样的傻，傻到真正言行一致。

《现代英国诗人》序

三年前在南京中央大学讲"现代英美诗",鉴照也在班上,他对于现代诗人发生兴趣,据他说,当推源于那时候。但这还不是我赖不掉写这篇序的唯一的理由,因为在后他陆续的撰这几篇论文,实在也是我的怂恿居多。九篇文章每篇脱稿之后,我都看过,其间的见解,有与我符合的,有使我惊喜而惭愧,因为是我没有悟到的,总之,全是我所赞同的。现在论文已经汇聚起来,快要付印了,纵使没有作者那不容情的无数次快邮的催索,我也知道这篇序是不能不作。

只是,鉴照,我真得向你请罪。你知道,我并不惜为你破戒作一篇序,所以迟延着老不动笔的缘故,可以分作两层讲。第一,懒是无可讳言的。第二,序我真不知道如何作法。对于英国文学的兴趣早被线装书劫去了,哈代是什么一套腔调,梅奈尔是一种什么丰姿,几乎没留下一点印象。如果作序不能不在内容上说几句中肯的话,那么这序我怎么敢写呢?但是,我感谢你的逼迫。因为要作序,这才从朋友处找到一两种现代诗的选本,涉猎了几晚,(那几晚的享受不用提了!)结果是恢复了谈现代诗兴趣,虽则作序的把握还不敢说有。关于现代——姑就本书的范围讲——英国诗,最近我有一点感想。

《现代英国诗人》序

当然一提到"现代"两字，中国人的脑筋里必浮现着一幅有趣而惊人的图画：青面獠牙，三首六臂，模样得怪到不合常理，因为那当然是具有一套不可思议的神通——瞧那样子便知道。本书讲的是现代诗人，而英国最值得讲的几位现代诗人，不幸都没有进化到那程度。关于这一点，我想本书的作者也是没有办法的。其实属于前一种意义的现代诗人，英国不是绝对没有，不过一般人都不大能举出他们名字来。

本书所提到的，除奈陀夫人外，那八个英国诗人，在他们文学史上的位置，却大都已经站稳了的。作者挑出他们来讨论，所根据的倒是公论，不是偏见。依我个人的意思，或许要抽出白理基斯来，换上一位 W.H.Davies，但这也无大关系，因为这人守旧的程度并不次于白理基斯，这人有点像跟 Robert Burns 学。

我们这时代是一个事事以翻脸不认古人为标准的时代。这样我们便叫作适应时代精神。墙头的一层砖和墙脚的一层，论质料，不见得有什么区别，然而碰巧砌在顶上的便有了资格瞧不起那垫底的。何等的无耻！如果再说正因垫底的砖是平平稳稳的砌着的，我们偏不那样，要竖着，要侧着，甚至要歪着砌，那自然是更可笑了。所谓艺术的宫殿现在确乎是有一种怪现象；竖着，侧着，歪着的砖处处都是。这建筑物的前途，你去揣想罢。

认清了这一点，我觉到现代的英国诗才值得一谈，而作者拣出本书所包括的这几家来讨论，更足见不是没有标准的。这里所论列的八家：哈代，白里基斯，郝思曼，梅奈尔，夏芝，梅士斐，白鲁克，德拉迈尔，没有一个不是跟着传统的步伐走的。梅士斐的态度，在八人中，可说最合乎现代的意义，不料他用来表

127

现这态度的工具，却回到了十四世纪的乔塞。讲守旧，不能比这更守旧了。然而除了莎翁，英国诗人中能象Dauber与The Widow in the Bye Street的作者那样训释人生的，数得上几个？

不但梅士斐如此，只要你撇开偏见，自然看得出这八家与传统的英国诗差异的地方都不如相同的地方多；那差异实在不比八人间相互的差异大，也不比前人中例如华茨渥斯与柯立基间的差异大。大概诗人与诗人之间不拘现代与古代，只有个性与个性的差别，而个性的差别又是有限度的，所以除了这有限的差别以外，古代与现代的作品之间，不会还有——也实在没有过分的悬殊。

差异当然比从同打眼些。抓到打眼的一方面，恣意的发挥，仿佛其余一面完全不存在似的，这是谈断代文学的通病。这样谈文学，谈任何时代都不行，而在目前时代谈现代的文学，这样谈法，尤其不妥。所以虽知道现代英国诗与古代不同的地方不少，我仍不愿在那一方多讲话。如果矫枉过正也是在讨论文学上有时不可免的一种方法，那么，我今天用这方法来介绍本书，想来必是鉴照所容许的。

若是人还不明白，还要问到底为什么要扼重那袒护传统的从同性？不断的改革，不断的求新，岂不更可贵？那么我就只好说这道理非问英国人不可。在诗上，正如在许多事业上都能出人头地的英国人，许是天赋给了他们一种特殊的智慧。对那暴躁，轻佻，或因丧心病狂而失掉智慧的人们谈这一套，从那里谈起！

关于正在那里为祖国争独立自由的奈陀夫人，我们应该体贴并尊重她自己的意见，把她请到附录里去。为的是好和英国诗人分开，使她不致有被诬为英伦的臣仆的嫌疑，虽则她所用的是她的敌人的文字。夏芝又当别论，爱尔兰与印度的情形，究竟不同。

《晨夜诗庋》跋

这是一个人六年中的成绩，其间也并未以全副精力费在这上面，但这里有独到的风格，有种种崭新的尝试。新诗在旁的路线上现在已经走的很远了，这里有着的几条蹊径，似乎都未经人涉足。正因旁人不走，道上许太嫌冷落，所以这本书的出世，才需要我来凑凑热闹，说得郑重点，便是作个介绍。然而奇怪为什么作介绍的乃是一个对走任何道都无兴趣的人呢？说来却是一段因缘。当丽天初碰见我的时候，我对新诗还是热心的，自己热心作，也热心劝别人作。丽天之走上诗的道上来，总算是因为我的鼓励而感着更起劲的。不料把他（还有不少别的人）邀到了那里之后，我自己却抽身逃了。我之变节，虽有我的理由，但想起这些朋友们，总不免感着一种负心的惭愧。现在丽天愿意将已往的收获印出，以告一段落，便为替自己赎罪计，我也不能不趁此说几句话。也许这是我对新诗最后一次插嘴的义务罢！

伟大的事实　不朽的意义

——给教导团诸君致敬

正如日前天空中有一个人一生见不到一次的"白虹贯日"的异象显现，我却在屋子里乱忙，没有看见，我们也常常让伟大的历史从我们身边过去，当时漫不经心，却等事后再去追怀，向往，去悬旗，放假，在纪念会中慷慨陈词，溢洋赞叹。假如我们能将那分热情，就在当时，亲手献给那些活生生的历史英雄，说不定那对于他们更是一个实惠，他们带着那分慰藉与同情，在艰辛困苦的搏斗中，说不定会更有勇气，更有力量，能创造出更瑰伟的奇迹来。这次由青年知识分子组成的教导团第一团第一二三营诸君过昆飞印的壮举，无疑是伟大历史中最伟大的一页。它应当是这几日报纸上最大的标题，甚至号外的资料，它应该在举国若狂的欢呼与流泪中，接受更多的热，好叫它自己的成就发出更大的光。然而我们这生活在八股传统里的民族，只会在粉墙上写"好男儿，要当兵"一类的官样文章，等真正的"好男儿"露了面，反让他们悄悄的自来自去，连一个招呼也没有。试想这是一个什么国度！没有同情，没有热，是麻木不仁？还是忘恩负义？不过也许惟其如此，"好男儿"们才更觉可敬，可佩。伟大的永远是孤寂的。让千百年后流着感激的泪，腾起赞美的歌声，但在

他们自己的岁月中，悄悄的自来自去，正是他们的风度。

　　旧式的营伍训练，目的只在教士兵的心理上消除恐惧，鼓起勇气，增加忿怒，盲目的服从长官。这些为旧式的战争，是足够的，但对于使用新式武器的新式的战争，就不适合了。据说机械化的进步产生了一种新的训练方法的需要，一个新式士兵必须知道如何同一小队士兵合作，如何作临机应变的决定，如何用自己的眼光来判断。只是听人指挥，受人驱策，说打就打，说死就死，像诗人邓尼孙在《六百壮士冲锋歌》里所说的一般，在九十年前行，今天在坦克车上，在装配机关枪的摩托车上，士兵也会打，也会死，但也要了解为何而打，为何而死。这种战争的变质，已够说明了为应付现阶段战争，我们兵员的来源应该在那里。仅仅具有奋勇与耐劳等美德的从农民出身的战士，可以担当前几期抗战的任务，那便是消极的使我们少败一点的任务。但目前的工作，是与盟邦合作，运用真正近代的战术来积极的争取胜利，我们知道能担当这样工作的战士，除了上述诸美德外，还需要知识与机警。所以最有资格充当这种战士的，无非是青年知识分子。情势不许我们再弥留在少败一点的局面中，我们得赶紧攫取胜利，时机已经来到，我们非拿出"最后一张牌"不可，为了民族的永生，我们不能再吝惜我们最宝贵的血。果然知识青年认清了时代的使命，站起来了，承受了他们的责任，这才是我们最确切的胜利的保证，然而教导团的意义，还不止此。在建国的工作中，如同在抗战的工作中一样，他们也享有不朽的光辉，因为我们知道战术的近代化不只在器械，也包括了运用器械的人，而人究竟比器械更重要，所以他们又实在代表了我们国防近代化的开端。

以上关于教导团在抗战与建国工作上双重的军事意义，是比较浅而易见的，现在我们还要指出另外两种也许更深远的意义。在二千年君主政治之下，国家的土地和与土地不能分离的生产奴隶——人民，都是帝王们的私产。奴隶照例得平时劳力，战时卖命，反正他们是工具，不是"人"。只有那由部分的没落的贵族，和部分的超升的奴隶组成的士大夫阶级，因为替帝王当管家，任官吏，而特蒙恩宠，他们才享受"人"的权利，既不必十分劳力，也不需要卖命。只是遇到财产的安全发生了问题，管家这才有时不能不在比较没有生命危险的"运筹帷幄"的方式之下，尽其捍卫之责，那便是所谓儒将了。这种工作其实并不是他们的职责，他们只是以"票友"的资格来参加的。至于那真正需要卖命的士卒的任务，自然更不在他们分内。所谓"好人不当兵"，便等于说"管家不管卖命"。本来管的是旁人的家，为旁人的事卖自己的命，"好人"当然不干，所以自古只闻有儒将（数目也不太多），不闻有"儒兵"之称。这一切的症结只在国家的主人是帝王，在管家的看来，谁做主人都不是一样？犯得上为新旧主人间的厮杀，卖自己的命吗？但是如果谁自己想当主人，那情形就不同了，那他就不妨把自己的家族变成子弟兵，而自身也得身先士卒，做个卖命的表率。这一来，问题的真相便更明白了，要"好人"当兵，便非允许他做自家的主人不可。在原则上，辛亥革命以后，每一个中华民国的国民，已经取得了主人的资格，但打了七年仗，为什么直到最近，才有真正的"儒兵"出现呢？这可见我们的"好人"一向只以得到主人的名为满足，

而不顾主人的实,所以他们既不愿意尽主人的义务,也不大关心于主人的权利。今天成千的青年知识分子,为了一个神圣的呼唤,站起来了,准备以他们那宝贵的"好人"的血捍卫他们自己的"家",这是二千年来"好人"阶级第一次决心放弃"管家"的职业,亲身负起主人的责任。我们相信义务与权利之不可分离,有其绝对的必然性,所以我们看出成千的尽义务的身手,也就是讨权利的身手,正如那数目更为广大的在各级学校里尽义务的唇舌,也就是索权利的唇舌一样。不要忽略知识青年从军的政治意义,这是民主怒潮中最英勇的急先锋。先尽义务,不怕权利不来,人民进步了,政府也必然进步!

至于在君主政治下,那不属于管家阶级的不会想,不会讲的人群,在主人眼里原是附属于土地上的一种资产,既是资产,就可被爱惜,也可供挥霍,全凭主人的高兴,所以卖命几乎是这般人不容旁贷的责任。所谓"寓兵于农",便等于说:"劳了力的还要卖命,卖命的也要劳力。"

为什么没听说:"寓兵于士"呢?是否"好人"既不屑劳力,更说不上卖命呢?好了,君主政治下是谈不到平等的,所以,我们要民主。但是中华民族抗战了七年,也还一向是某一种出身的人单独担任着"成仁"的工作,这是平等吗?姑无论在那种不平等的状态下,胜利未见真能到手,即令能够,这样的胜利,与其说是光荣,不如说是耻辱。因此我们又得感谢这群青年,耻辱已经由他们开始洗清了,他们已正式加入了伟大的行列,分担着艰难的责任。为了他们的行动,从今天起,中国人再无须有"好人"与"非好人"的分别,反正大家都可以当兵,如果国家真需要他。这平等精神的表现,又是知识青年从军所代表的重大的社会意义,这一点也是我们不应忽略的。

知识青年从军运动刚在发轫的期间,它的规模还不够广大,但它的意义是深远的,而且丰富的。如何爱护,并培养这个嫩芽,使它滋生,长大,开出灿烂的花,结成肥硕的果,这是国家,社会,尤其是该团各位长官的责任!但是可爱的孩子们!你们脚下是草鞋,夜间只有一床军毯,你们脸上是什么?风尘还是菜色?还有身上的,是疮疤,还是伤痕?然而我知道,你们还没上过战场!长官们,好生看着你们的孩子吧!他们的父母会心疼的,何况这些又是国家的光荣,民族的命脉呢!

可怕的冷静

　　一个从灾荒里长成的民族，挨着一切的苦难，总像挨着天灾一样，以麻木的坚忍承受打击，没有招架，没有愤怒，甚至没有呻吟，像冬眠的蛰虫一般，只在半死状态中静候着第二个春天的来临，——这样便是今天的中国，快挨过了第七个年头的国难，它会准备再挨下去，直到那一天，大概一觉醒来，自然会发现胜利就在眼前。客观上，战争与饥饿本也久已打成一片了，因此，愈是实质的战斗员，愈有挨饿的责任，不像人家最前线的人们吃得最好最饱，我们这里真正的饿莩恰恰就是真正的兵士。抗战与灾荒既已打成一片，抗战期中的现象，便更酷肖荒年的现象了。照例是灾情愈重，发财的愈多，结果贫穷的更加贫穷，富贵的更加富贵。照例是灾情严重了，呼吁的声音海外比国内更响，于是救济的主要责任落在外人身上，而国内人士，相形之下，便愈能显出他们那"不动心"的沉着而雍容的风度了。现在一切荒年的社会现象在抗战中又重演一次，不过规模更大，严重性更深刻些罢了。但是说来奇怪，分明是痼疾愈深，危机愈大，社会表层偏要装出一副太平景象的面孔。配合着冠冕堂皇的要人谈话和报纸社评的，是一般社会情绪——今天一个画展，明天一个堂会，"顾左右而言他"的副刊和小报一天天充斥起来，内容一天比一天软性化。从抗战开始以来，没有见过今天这样"众人熙熙，如享太牢，如登春台"的景象，这不知道是肺结核患者脸上的红晕呢，还是将死前的回光返照！

一部分人为着旁人的剥削，在饥饿中畜生似的沉默着，另一部分人却在舒适中兴高采烈的粉饰着太平，这现象是叫人不能不寒心的，如果他还有一点同情心与正义感的话。然而不知道是为了谁的体面，你还不能声张。最可虑的是不通世故而血气方刚的青年，面对这种事实，又将作何感想？对了，怕动摇抗战，但饥饿能抗战吗？粉饰饥饿就是抗战吗？如果抗战是天经地义，不要忘记当年的青年，便是撑持这天经地义最有力的支柱，可见青年盲目而又不盲目，在平时他不免盲目，在非常时期他却永远是不盲目的。原来非常时期所需要的往往不是审慎，而是勇气，而在这上面，青年是比任何人都强的。正如当年激起抗战怒潮的是青年，今天将要完成抗战大业的力量，也正是这蕴藏在青年心灵中的烦躁。这不是浮动，而是活力的脉搏。民族必需生存，抗战必需胜利，在这最高原则之下，任何平时的轨范都是暂时可以搁置的枝节。火烧上了眉毛，就得抢救。这是一个非常时期！

如果老年人中年人能负起责任，那自然更好，但事实上，战争先天的是青年人的工作（*它需要青年的体质和青年的热情*），所以如果老年人中年人肯负起责任，也只是参加青年的工作，或与青年分工合作，而不是代替青年的工作。战争既先天的是青年的工作，那么战时的国家就得以青年的意志为意志，虽则在战争的技术上，老年人中年人的智慧也是不可少的。

从抗战开始到今天，我们遭遇过两个关键，当初要不要抗战,是第一个关键,今天要不要胜利,是第二个关键,而第一个关键本来早已决定了第二个,因为既打算抗战,当然要胜利。但事实上目前的一切分明是朝着与胜利相反的方向发展,所以可怪的,是一部分人虽然看出方向的错误,却还要力持冷静,或从一些烦琐的立场,认为不便声张,不必声张。眼看青年完成抗战,争取胜利的意志必须贯彻,然而没有老年人中年人的智慧予以调节与指导,青年的力量不免浪费。万一还有人固执起来,利用他们的地位与力量,阻止了青年意志的贯彻,那结果便更不堪设想了。时机太危急了,这不是冷静的时候,希望老年人中年人的步调能与青年齐一,早点促成胜利的来临!大众的坚忍的沉默是可原谅的,因为他们是灾荒中生长的,而灾荒养成了他们的麻木,有着粉饰太平的职责的人们是可原谅的,因为他们也有理由麻木。可是负有领导青年责任的人们,如果过度的冷静,也是可怕的,当这不宜冷静的时候!

愈战愈强

　　回忆抗战初期，大家似乎不大讲到"胜利"，那时的心理与其说是胜败置之度外，还不如说是一心想着虽败犹荣。敌人是以"必定胜"的把握向我们侵略，我们是以"不怕败"的决心给他们抵抗。你无非是要我败，我偏偏不怕败，我不怕败，你便没有胜。那时人民的口号是"喝出去了！""跟你拼了！"。政府的策略是"破釜沉舟"，是"置之死地而后生"，人民和政府都不怕败，自然大家也不讳败，结果是我们愈败愈奋勇，而敌人真把我们没办法。

　　武汉撤退以后，渐渐听到"争取胜利"的呼声，然而也就透露了怕败的顾虑了。

　　开罗会议以后，胜利俨然已经到了手似的，而一般现象，则正好表示着一些人的工作，是在"争取失败"。事实昭彰，凡是有眼睛的都看到了，有良心的都指出了，这里无需我再说，我也不忍再说，于是愈是趋向失败，愈是讳言失败，自己讳言失败，同时也禁止旁人言失败。是否表面上"失败"绝迹了，暗地里便愈好制造失败呢？抗战到了这地步，大概也是一种"置之死地而后生"的办法罢？好了，那我以老百姓的资格，也就"喝出去了！""跟你拼了！"。

所以我今天想要算帐！

算帐是一件麻烦事，但不要紧，大的做大的算，小的做小的算，反正从今以后，我不打算有清闲日子了！

比如眼前在我们昆明，就有一笔不大不小的帐值得算一算。

昨天早起出门找报看，第一家报纸给了我一个喜讯，它老老实实地告诉我，衡阳的仗咱们打好了一点，我当然很高兴。但是看到第二家报纸，却把我气昏了，就因为那标题中"我军愈战愈强"六个大字。

编辑先生！我是有名有姓的，我虽不知道你姓名，但你也必然有名有姓，你若是好汉，就请出来跟我算清这笔帐！你所谓"愈战愈强"者，如果就是今天另一家报纸标题所谓"愈战愈奋"的意思，那我就原谅你，我可怜你中国人不大会处理中国文字。如果你那"强"字是甚么"四强之一"那类"强"的意思，那我就要控告你两大罪状：一，你侮辱了我们老百姓的人格。二，你出卖了你的祖国。

难道你就忘记了，芦沟桥的烽火一起，我们挺身应战，是为了我们有十二万分胜算的把握吗？老实告诉你，除了存心利用抗战来趁火打劫的败类之外，我们老百姓果真是怕败的话，就早已都投汪精卫去了。我相信在自由中国，每一个良善的中国人，当初既是抱了拼命的决心，胜也要打，败也要打，今天还是抱定这决心，胜也要打，败也要打，何况国际的客观环境已经好转，谁又是那样的傻子，情愿让它"功亏一篑"呢？所以你如果多多给我们报导些自身的缺点，那只会增加我们的戒惧心，刺激我们的努力。你以为我们真是那样"闻败则馁"的草包吗？你若那样想，便把我们看同汪精卫之流了，你晓得那是侮辱别人的人格吗？

闻败则馁的必也闻胜则骄，你既把我们当作闻败则馁的人，那你泄露了（杜撰罢？）许多乐观的消息，难道又不怕我们骄起来吗？明知骄是抗战的鸩毒，而偏要用"愈战愈强"来灌溉我们的骄，那你又是何居心？依据你自己的逻辑，你这就是汉奸行为，因此你是出卖了你的祖国，你又晓得吗？

我们倒不怕承认自身的"弱"，愈知道自身弱在那里，愈好在各人自己的岗位上来尽力加强它。你说我们"愈强"，我倒要请你拿出事实来，好教我们更放心点。谁不愿意自己强呢！但信口开河是不负责任，存心欺骗更是无耻。六个字的标题，看来事小，它的意义却很重大。

用这字面的，本不只你一人，但是，先生，恕我这回揪住你了！你气得我一顿饭没吃好啊！然而如果在原则上你是受了谁的指示，那个指示你的人不也该是有名有姓的吗？如果他高兴，就请他出来说明也好。抗战是大家的抗战，国家是大家的国家，谁有权利来禁止我发问！

组织民众与保卫大西南

——民国三十三年昆明各界双十节纪念大会演讲词

诸位！我们抗战了七年多，到今天所得的是什么？眼看见盟国都在反攻，我们还在溃退，人家在收复失地，我们还在继续失地。虽然如此，我们还不警惕，还不悔过，反而涎着脸皮跟盟友说："谁叫你们早不帮我们，弄到今天这地步！"那意思仿佛是说："现在是轮着你要胜利了，我偏败给你瞧瞧！"这种无赖的流氓意识的表现，究竟是给谁开玩笑！溃退和失地是真不能避免的吗？不是有几十万吃得顶饱，斗志顶旺的大军，被另外几十万喂得也顶好，装备得顶精的大军监视着吗？这监视和被监视的力量，为什么让他们冻结在那里？不拿来保卫国土，抵抗敌人？原来打了七年仗，牺牲了几千万人民的生命，数万万人民的财产，只是陪着你们少数人闹意气的？又是给谁开的玩笑！几个月的工夫，郑州失了，洛阳失了，长沙失了，衡阳失了，现在桂林又危在旦夕，柳州也将不保，整个抗战最后的根据地——大西南受着威胁，如今谁又能保证敌人早晚不进攻贵阳，昆明，甚至重庆？到那时，我们的军队怎样？还是监视的监视，被监视的被监视吗？到那时我们的人民又将怎样，准备乖乖的当顺民吗？还是撒开腿逃，逃又逃到那里去？逃出去了又怎办？诸位啊！想想，这都是你们自己的事啊！国家是人人自己的国家，身家性命是人人自己的身家性命，自己的事为甚么要让旁人摆布，自己还装聋作哑！谁敢掐住你们的脖子！谁有资格不许你们讲话！用人民的血汗养的军队，为什么不拿出来为人民抵抗敌人？以人民的子弟组成的队伍，为什么不放他们来保卫人民自己的家乡？我们要抗议！我们要叫喊！我们要愤怒！我们的第一个呼声是：拿出国家的实力来保卫大西南，这抗战的最后根据地的大西南！

但是，今天站在人民的立场，我们一方面固然应当向政府及全国呼吁，另一方面我们也得认清我们人民自身的责任与力量。对于保卫大西南，老实说，政府的决心是一回事，他的能力又是一回事。郑州洛阳长沙衡阳的往事太叫我们痛心了，保卫国土最后的力量恐怕还在我们人民自己的身上。一切都有靠不住的时候，最可靠的还是我们人民自己。而我们自己的力量，你晓得吗？如果善于发挥，善于利用，是不可想象的强大呀！今天每一个中国人，以他人民的身分，对于他自己所在的一块国土，都应尽其保卫的责任，也尽有保卫的方法。我们这些在昆明的人无论本省的或外来的，对于我们此刻所在的这块国土——昆明市，在万一他遭受进攻时，自然也应善用我们自己的方法来尽我们自己的责任。诸位，昆明在抗战中的重要性，不用我讲，保卫昆明即所以保卫云南，保卫云南即所以保卫大西南，保卫大西南即所以保卫中国，不是吗？

在今天的局势下，关于昆明的前途，大概有三种看法，每种看法代表一种可能性。第一种是敌人不来，第二种是来了被我们打退，第三种是不幸我们败了，退出昆明。第一种，客观上即

会有多少可能性，我们也不应该作那打算，果然那样，老实说，那你就太没有出息了！我们应该用奋发的心情准备迎接敌人的进攻，并且立志把他打退，万一不能，也要逼他付出相当代价，再作有计划的，有秩序的荣誉的退却。然后走到敌后，展开游击战争，给敌人以经常的扰乱与破坏，一方面发动并组织民众，使他成为坚强的自卫力量，以便配合着游击军。等盟国发动反攻时，我们便以地下军的姿态，卷土重来，协同他们作战以至赶走敌人，完成我们的最后胜利。我们得准备前面所说的第二种，甚至干脆的就是第三种可能的局面，我们得准备迎接一个最黑暗的时期，然后从黑暗中，用我们自发的力量创造出光明来！这是一个梦，一个美梦。可是你如果不愿意实现这个梦，另外一个梦便在等着你，那是一个恶梦。恶梦中有两条路，一条是留在这里当顺民，准备受无穷的耻辱。一条是逃，但在还没有逃出昆明城郊时，就被水泄不通的混乱的人群车马群挤死，踏死，辗死，即使逃出了城郊，恐怕走不到十里二十里就被盗匪戳死，打死，要不然十天半月内也要在途中病死饿死。……衡阳和桂林撤退的惨痛故事，我们听够了，但昆明如有撤退的一天，那惨痛的程度，不知道还要几十倍几百倍于衡阳桂林！诸位，你能担保那惨痛的命运不落到你自己头上来吗？恶梦中的两条路，一条是苟全性命来当顺民，那样可以说是一种"不自由的生"，另一条是因不当顺民就当难民，那样又可说是一种"自由的死"。但是，诸位试想为什么必得是：要不死便得不自由，要自由就得死？自由和生难道是宿命的仇敌吗？为什么我们不能有"自由的生"！是呀！到"自由的生"的路就是我方才讲的那个美梦啊！敌人可能给我们选择的是不自由和死，假如我们偏要自由和生，我们便得到了自由的生，这便叫作"置之死地而后生"。

诸位，记住我们人民始终是要抗战到底的，万一敌人进攻，万一少数人为争夺权利闹意气面不肯把实力拿出来抵抗敌人，我们也有我们的办法。不要害怕，不管人家怎样，我们人民自始至终是有决心的，而有决心自然会有办法的。还要记住昆明在国际间"民主堡垒"的美誉，我们从今更要努力发扬民主自由的精神。那一天我们的美梦完成了，我们从黑暗中造出光明来了，到那时中国才真不愧四强之一。强在那里？强在我们人民，强在我们人民呀！今天政府不给人民自由，是他不要人民，等到那一天，我们人民能以自力更生的方式强起来了，他自然会要我们的。那时我们可以骄傲的对他说："我们可以不靠你，你是要靠我们的呀！"那便是真正的民主！我们今天要争民主，我们便当赶紧组织起来，按照实现那个美梦的目标组织起来，因为这组织工作的本身便是民主，有了这个基础，我们便更有资格，更有力量来争取更普遍的，完整的和永久的民主政治。

在鲁迅逝世八周年纪念会上的讲话

有些人死去，尽管闹得十分排场，过了没有几天，就悄悄地随着时间一道消逝了，很快被人遗忘了。有的人死去，尽管生前受到很不公平的待遇，但时间越过的久，形象却越加光辉，他的声名却越来越伟大。我想，我们大家都会同意，鲁迅是经受得住时间考验的一位光辉伟大的人物。因为他对中华民族的文化事业留下了宝贵的遗产。他是中国历史上最伟大的文学家。

鲁迅生前所处的环境异常危险，他是一个被"通缉"的"罪犯"！但是他无所畏惧，本着有一分热，发一分光的精神，他勇敢、坚决地做他自己认为应做的事，在文化战线上打着大旗冲锋陷阵，难怪有的人为什么那么恨他！

鲁迅在日本留学，住在十里洋场的上海，他和洋人，和大官打过不少交道。但他对帝国主义，对买办大亨，对当权人物，没有丝毫的奴颜媚骨，宁可流亡受苦，也不妥协。鲁迅之所以伟大，之所以能写出那么多伟大的作品，和他这种高尚的人格是分不开的，学习鲁迅，我想先得学习他这种高尚的人格。

有人不喜欢鲁迅，也不让别人喜欢，因为嫌他说话讨厌，所以不准提到鲁迅的名字。也有人不喜欢鲁迅，倒愿意常常提到鲁迅的名字，是为了骂骂鲁迅。因为，据说当时一旦鲁迅回骂就可以出名。现在，也可以对某些人表明自己的"忠诚"。前者可谓之反动，后者只好叫做无耻了。其实，反动和无耻本来也是分不开的。

除了这样两种人，也还有一种自命清高的人，就像我自己这样的一批人。从前我们住在北平，我们有一些自称"京派"的学者先生，看不起鲁迅，说他是"海派"。就是没有跟着骂的人，反正也是不把"海派"放在眼上的。现在我向鲁迅忏悔：鲁迅对，我们错了！当鲁迅受苦受害的时候，我们都正在享福，当时我们如果都有鲁迅那样的骨头，那怕只有一点，中国也不至于这样了。

骂过鲁迅或者看不起鲁迅的人，应该好好想想，我们自命清高，实际上是做了帮闲帮凶！如今，把国家弄到这步田地，实在感到痛心！现在，不是又有人在说什么闻××在搞政治了，在和搞政治的人来往啦，以为这样就能把人吓住，不敢搞了，不敢来往了。可是时代不同了，我们有了鲁迅这样的好榜样，还怕什么？纪念鲁迅，我想应该正是这样。

一个白日梦

　　林荫路旁侍立着一排像是没有尽头的漂亮的黄墙，墙上自然不缺少我们这"文字国"最典型的方块字的装饰，只因马车跑得太快，来不及念它，心想反正不是机关，便是学校，要不就是营房。忽然两座约莫二丈来高，影壁不像影壁，华表不像华表，极尽丑恶之能事的木质构造物闯入了视野，像黑夜里冷不防跳出一声充满杀气的"口令！"那东西可把人吓一跳！那威风凛凛的稻草人式的构造物，和它上面更威风的蓝地白书的八个擘窠大字：

　　顶天立地
　　继往开来

　　也不知道是出自谁人的手笔，或那部"经典"。对子倒对得顶稳的。可是当时我并没有想到那些，我只觉得一阵头昏眼花，不是吓唬的，（稻草人可吓得倒人？）我的头昏眼花恰恰是像被某种气味熏得作呕时的那一种。我问我自己，这究竟是一种什么气味？怎么那样冲人？

　　我想起十字牌的政治商标，我明白了。不错，八个字的目的如果在推销一个个人的成功秘诀，那除了希特勒型的神经病患者，谁当得起？如果是标榜一个国家的立国精神，除了纳粹德国一类的世界里，又那儿去找这样的梦？想不出我们黄炎子孙也变得这样伟大！果然如此，区区个人当然也"与有荣焉"，——我的耳根发热了。

个人主义和由它放大的本位主义的肥皂水，居然吹起了这样大而美丽的泡，看，它不但囊括了全部的空间（顶天立地），还垄断了整个的时间（继往开来）！怕只怕一得意，吹得太使劲儿，泡炸了，到那时原形毕露，也不过那么小小一滴水而已。我真为它——也为我自己——捏一把汗。

个人之于社会等于身体的细胞，要一个人的身体健全，不用说，必需每个细胞都健全。但如果某个细胞太喜欢发达，以至超过它本分的限度而形成瘿瘤之类，那便是病了。健全的个人是必需的，个人发达到排他性的个人主义，却万万要不得。如今个人主义还不只是毒瘤，它简直是因毒菌败坏了一部分细胞而引起的一种恶性发炎的痈疽，浮肿的肌肉开着碗口大的花，那何尝不也是花花绿绿的绚缦的色采，其实只是一堆臭脓烂肉。臭化气味便是从那里发出的吧！

从排他性的个人主义到排他性的民族主义，是必然的发展。我是英雄，当然我的族类全是英雄。炎性是会得蔓延的，这不必细说。

极端的个人主义者必然也是个唯心主义者。心灵是个人行为的发号施令者，夸大了个人，便夸大了心灵。也许我只是历史上又一个环境的幸运儿，但我总以为我的成功，完全由于自己的意志或精神力量，只因为除了我个人，我什么也没看见。我只知道

向自己身上去发现成功的因素，追得愈深，想得愈玄，于是便不能不堕入唯心论的迷魂阵中。

　　一切环境因素，一切有利的物质条件，一切收入的帐都被转到支出项下了，我惊讶于自身无尽的财富，而又找不出它的来源，我的结论只好是"天生德于予"了。于是我不但是英雄，而且是圣人了！

　　由不曾失败的英雄，一变而为不曾错误的圣人，我便与"真理"同体化了，因而"我"与"人"就变成"是"与"非"的同义语了。从此一切暴行只要是出于我的，便是美德，因为"我"就是"是"。到这时，可怜的个人主义便交了恶运，环境渐渐于我不利，我于是猜忌，疯狂，甚至迷信，我的个人主义终于到了恶性发炎的阶段，我的结局……天知道是什么！

说　舞

一场原始的罗曼司

假想我们是在参加着澳洲风行的一种科罗泼利（Corro Borry）舞。

灌木林中一块清理过的地面上，中间烧着野火，在满月的清辉下吐着熊熊的赤焰。现在舞人们还隐身在黑暗的丛林中从事化装。野火的那边，聚集着一群充当乐队的妇女。忽然林中发出一种坼裂声，紧跟着一阵沙沙的磨擦声——舞人们上场了。闯入火光圈里来的是三十个男子，一个个脸上涂着白垩，两眼描着圈环，身上和四肢画着些长的条纹。此外，脚踝上还系着成束的树叶，腰间围着兽皮裙。这时那些妇女已经面对面排成一个马蹄形。她们完全是裸着的。每人在两膝间绷着一块整齐的鼠儿鼠皮。舞师呢，他站在女人们和野火之间，穿的是通常的鼠儿皮围裙，两手各执一棒。观众或立或坐的围成一个圆圈。

舞师把舞人们巡视过一遭之后，就回身走向那些妇女们。突然他的棒子一拍，舞人们就闪电般的排成一行，走上前来。他再视察一番，停了停等行列完全就绪了，就发出信号来，跟着他的木棒的拍子，舞人们的脚步移动了，妇女们也敲着鼠儿皮唱起歌来。这样，一场科罗泼利便开始了。

拍子愈打愈紧，舞人的动作也愈敏捷，愈活泼，时时扭动全身，纵得很高，最后一齐发出一种尖锐的叫声，突然隐入灌木林中去了。场上空了一会儿。等舞师重新发出信号，舞人们又再度出现了。这次除舞队排成弧形外，一切和从前一样。妇女们出来时，一面打着拍子，一面更大声的唱，唱到几乎嗓子都要裂了，于是声音又低下来，低到几乎听不见声音。歌舞的尾声和第一折相仿佛。第三、四、五折又大同小异的表演过了。但有一次舞队是分成四行的，第一行退到一边，让后面几行向前迈进，到达妇人们面前，变作一个由身体四肢交锁成的不可解的结，可是各人手中的棒子依然在飞舞着。你直害怕他们会打破彼此的头，但是你放心，他们的动作无一不遵守着严格的规律，决不会出什么岔子的。这时情绪真紧张到极点，舞人们在自己的噪呼声中，不要命的顿着脚跳跃，妇女们也发狂似的打着拍子引吭高歌。响应着他们的热狂的，是那高烛云空的火光，急雨点似的劈拍的喷射着火光。最后舞师两臂高举，一阵震耳的掌声，舞人们退场了，妇女和观众也都一哄而散，抛下一片清冷的月光，照着野火的余烬渐渐熄灭了。

　　这就是一场澳洲的科罗泼利舞，但也可以代表各地域各时代任何性质的原始舞，因为它们的目的总不外乎下列这四点：（一）以综合性的形态动员生命，（二）以律动性的本质表现生命，（三）以实用性的意义强调生命，和（四）以社会性的功能保障生命。

综合性的形态

舞是生命情调最直接，最实质，最强烈，最尖锐，最单纯而又最充足的表现。生命的机能是动，而舞便是节奏的动，或更准确点，有节奏的移易地点的动，所以它直是生命机能的表演。但只有在原始舞里才看得出舞的真面目，因为它是真正全体生命机能的总动员，它是一切艺术中最大综合性的艺术。它包有乐与诗歌，那是不用说的。它还有造型艺术，舞人的身体是活动的雕刻，身上的文饰是图案，这也都显而易见。所当注意的是，画家所想尽方法而不能圆满解决的光的效果，这里借野火的照明，却轻轻的抓住了。而野火不但给了舞光，还给了它热，这触觉的刺激更超出了任何其它艺术部门的性能。最后，原始人在舞的艺术中最奇特的创造，是那月夜丛林的背景对于舞场的一种镜框作用。由于框外的静与暗，和框内的动与明，发生着对照作用，使框内一团声音光色的活动情绪更为集中，效果更为强烈，藉以刺激他们自己对于时间（*动静*）和空间（*明暗*）的警觉性，也便加强了自己生命的实在性。原始舞看来简单，唯其简单，所以能包含无限的复杂。

律动性的本质

上文说舞是节奏的动，实则节奏与动，并非二事。世间决没有动而不成节奏的，如果没有节奏，我们便无从判明那是动。通常所谓"节奏"是一种节度整齐的动，节度不整齐的，我们只称之为"动"，或乱动，因此动与节奏的差别，实际只是动时节奏性强弱的程度上的差别,而并非两种性质根本不同的东西。上文已说过,生命的机能是动,而舞是有节奏的移易地点的动,所以也就是生命机能的表演。现在我们更可以明白,所谓表演与非表演,其间也只有程度的差别而已。一方面生命情绪的过度紧张,过度兴奋,以至成为一种压迫,我们需要一种更强烈,更集中的动,来宣泄它,和缓它,一方面紧张与兴奋的情绪,是一种压迫,也是一种愉快,所以我们也需要在更强烈,更集中的动中来享受它。常常有人讲,节奏的作用是在减少动的疲乏。诚然。但须知那减少疲乏的动机,是积极而非消极的,而节奏的作用是调整而非限制。因为由紧张的情绪发出的动是快乐,是可珍惜的,所以要用节奏来调整它,使它延长,而不致在乱动中轻轻浪费掉。甚至这看法还是文明人的主观,态度还不够积极。节奏是为减轻疲乏的吗?如果疲乏是讨厌的,要不得的,不如干脆放弃它。放弃疲乏并不是难事,在那月夜,如果怕疲乏,躺在草地上对月亮发愣,不就完了吗?如果原始人真怕疲乏,就干脆没有舞那一套,因为无论怎样加以调整,最后疲乏总归是要来到的,不,他们的目的是在追求疲乏,而舞(*节奏的动*)是达到那目的最好的通路。一位著者形容新南威尔斯土人的舞说:"……鼓声渐渐紧了,动作也渐渐快了,直至达到一种如闪电的速度。有时全体一跳跳到半空,当他们脚尖再触到地面时,那分开着的两腿上的肉腓,颤动得直使那白垩的条纹,看去好象蠕动的长蛇,同时一阵强烈的嘶~~~声充满空中(*那是他们的喘息声*)。"非洲布须曼人的摩科马舞(Mokoma)更是我们不能想象的。"舞者跳到十分疲劳,浑身淌着大汗,口里还发出千万种叫声,身体做着各种困难的动作，以至一个一个的，跌倒在地上，浴在源源而出的鼻血泊中。因此他们便叫这种舞作摩科马，意即血的舞。"总之，原始舞是一种剧烈的，紧张的，疲劳性的动，因为只有这样他们才体会到最高限度的生命情调。

实用性的意义

西方学者每分舞为模拟式的与操练式的二种，这又是文明人的主观看法。二者在形式上既无明确的界线，在意义上尤其相同。所谓模拟舞者，其目的，并不如一般人猜想的，在模拟的技巧本身，而是在模拟中所得的那逼真的情绪。他们甚至不是在不得已的心情下以假代真，或在客观的真不可能时，乃以主观的真权当客观的真。他们所求的只是那能加强他们的生命感的一种提炼的集中的生活经验———一杯能使他们陶醉的醇醴而酷烈的酒。只要能陶醉，那酒是真是假，倒不必计较，何况真与假，或主观与客观，对他们本没有多大区别呢！他们不因舞中的"假"而从事于舞，正如他们不以巫术中的"假"而从事巫术。反之，正因他们相信那是真，才肯那样做，那样认真的做。（儿童的游戏亦复如此。）既然因日常生活经验不够提炼与集中，才要借艺术中的生活经验——舞来获得一醉。那么模拟日常生活经验，就模拟了它的不提炼与不集中，模拟得愈像，便愈不提炼，愈不集中，所以最彻底的方法，是连模拟也放弃了，而仅剩下一种抽象的节奏的动。这种舞与其称为操练舞，不如称为"纯舞"，也许还比较接近原始心理的真相。一方面，在高度的律动中，舞者自身得到一种生命的真实感（一种觉得自己是活着的感觉），那是一

种满足。另一方面，观者从感染作用，也得到同样的生命的真实感，那也是一种满足，舞的实用意义便在这里。

社会性的功能

或由本身的直接经验（舞者），或由感染式的间接经验（观者），因而得到一种觉着自己是活着的感觉，这虽是一种满足，但还不算满足的极致。最高的满足，是感到自己和大家一同活着，各人以彼此的"活"互相印证，互相支持，使各人自己的"活"更加真实，更加稳固，这样的满足才是完整的，绝对的。这群体生活的大和谐的意识，便是舞的社会功能的最高意义。由和谐的意识而发生一种团结与秩序的作用，便是舞的社会功能的次一等的意义。关于这点，高罗斯（Ernest Groose）讲得最好："在跳舞的白热中，许多参与者都混成一体，好象是被一种感情所激动而动作的单一体。在跳舞期间，他们是在完全统一的社会态度之下，舞群的感觉和动作正象一个单一的有机体。原始跳舞的社会意义全在乎统一社会的感应力。他们领导并训练一群人，使他们在一种动机，一种感情之下，为一种目的而活动（在他们组织散漫和不安定的生活状态中，他们的行为常被各个不同的需要和欲望所驱使）。它至少乘机介绍了秩序和团结给这狩猎民族的散漫无定的生活中。除战争外，恐怕跳舞对于原始部落的人，是唯一的使他们觉着休戚相关的时机。它也是对于战争最好的准备之一，因为操练式的跳舞有许多地方相当于我们的军事训练。在人类文化发展上，过分估计原始跳舞的重要性，是一件困难的事。一切高级文化，是以各个社会成分的一致有秩序的合作为基础的，而原始人类却以跳舞训练这种合作。"舞的第三种社会功能更为实际。上文说过，主观的真与客观的真，在原始人类意识中没有明确的分野。在感情极度紧张时，二者尤易混淆，所以原始舞往往弄假成真，因而发生不少的暴行。正因假的能发生真的后果，所以他们常常用这假的作为钩引真的媒介。许多关于原始人类战争的记载，都说是以跳舞开场的，而在我国古代，武王伐纣前夕的歌舞，即所谓"武宿夜"者，也是一个例证。

五四运动的历史法则

　　大家都知道，近百年来，中国社会是处于一种半封建性半殖民地性的状态中。封建的主人地主官僚与殖民国的主人帝国主义，这两个势力之能够同时并存于我们这里，已经说明了它们之间的一种奇异的关系，一种相反而又相成，相克而又相生的矛盾关系。在剥削人民的共同目的上，它们利害相同，所以能够互相结合，互相维护。同时分赃不匀又使它们利害冲突而不能不互相龃龉。然而它们却不能决裂。因为，他们知道，假如帝国主义独占了中国，任凭它的武器如何锋利，民族的仇恨会梗塞着它的喉头，使它不能下咽，假如封建势力垄断了中国，那又只有加深它自己的崩溃，以致在人民革命势力之前，加速它自己的灭亡。总之，被压迫被榨取的，究竟是"人"，而人是有反抗性的，反抗而团结起来，便是力量，不是民族的力量，便是民主的力量，这些对于帝国主义或封建势力，都是很讨厌的东西。于是他们想好分工合作，让地主官僚出面执行榨取的任务，以缓和民族仇恨。（这是帝国主义借刀杀人！）让帝国主义一手把着枪炮，一手提着钱袋，站在背后保镖，以软化民主势力。（这是地主官僚狗仗人势！）它们是聪明的，因为，虽然它们的欲壑都有着垄断性与排他性，它们却都愿意极力克制这些，彼此互相包容，互相照顾，互相妥协，而相安于一种近乎均势的状态中。果然，愈是这样，它们的寿命愈长，那就是说，惟其是半封建，半殖民地，中国人民的解放才愈难实现。

可是，帝国主义和封建势力的寿命偏是不能长，而中国人民毕竟非解放不可！基于资本主义国家间内在的矛盾，帝国主义对中国的威力大大的受了制约，矛盾尖锐化到某种程度，使它们自相火拼起来，帝国主义就得暂时退出中国。帝国主义退出了中国，人民的对手便由两个变成一个，这便好办了！只要能让人民和封建势力以一比一的力量来决斗，最后胜利定属于人民。我说最后胜利，因为一上来，封建势力凭了它那优势的据点和优势的武器，确乎来势汹汹，几乎有全盘胜利的把握。但它究竟是过了时的乏货，内部的腐化将逼得它最后必需将据点放弃，武器交出，而归于失败。五四运动及其前前后后，便是这个历史事实的具体说明。

一九一四年以前，活动于中国这个政治经济战场上的，是一种三角斗争，包括（一）各个字号的帝国主义，（二）以袁世凯为中心的封建残余势力，以及（三）代表人民力量的市民层民主革命的两股潜伏势力：（甲）国民党政治集团，（乙）北京大学文化集团。那时三个力量中，帝国主义势焰最大，封建势力仅次于帝国主义，政治上代表人民愿望的国民党，几乎是在苟延残喘的状态中保持着一线生机，至于作为后来文化革命据点的北京大学，在政治意义上，更是无足轻重。但等一九一四年，欧洲诸帝国主义国家内在的矛盾，尖锐化到不能不爆发为第一次世界大战，中国的情形便大变了。欧洲列强，不论是协约国或同盟国，为着忙于上前线进攻，或在后方防守，忽然都退出了中国。欧洲帝国主义退出了，中国社会的本质，便立时由半封建半殖民地，变为约当于百分之九十的封建，百分之十的殖民地，（这百分之十的主人，不用说，就是日本。）于是袁世凯和他的集团忽然交了红运，可是袁世凯的红运实在短得可怜，而他的余孽，北洋军阀的红运也不太长。真正走红运的倒是人民，你不记得仅仅距袁氏称帝后四年，督军团解散国会和张勋复辟后二年，向封建势力突击的文化大进军，五四运动便出现了吗？从此中国土地上便不断的涌着波澜日益壮阔的民主怒潮，终于使国民革命军北伐成功，北洋军阀彻底崩溃。这时人民力量不但铲除了军阀，还给刚从欧洲抽身回来的帝国主义吃了不少眼前亏。请注意：帝国主义突然退出，封建势力马上抬头，跟着人民的力量就将它一把抓住，经过一番苦斗，终于将它打倒——这一历史公式，特别在今天，是值得我们深深玩味的！

　　谁说历史不会重演？虽然在细节上，今天的"五四"不同于二十六年前的"五四"，可是在主要成分上，两个时代几乎完全是一样的。第二次世界大战爆发，欧洲帝国主义退出，于是中国半殖民地的色彩取消了，半封建便一变而为全封建，（请在复古空气和某种隆重礼物的进献中注意筹安会的鬼，还有这群鬼群后的袁世凯的鬼！）现在封建势力正在嚣张的时候，可是，人民也并没有闲着，代表人民愿望，发挥人民精神，唤醒人民力量的政治、文化种种集团也都不缺少，满天乌云，高耸的树梢上已在沙沙发响，近了，更近了，暴风雨已经来到，一场苦斗是不能避免的。至于最后的胜利，放心吧！有历史给你做保证。

历史重演，而又不完全重演。从二十六年前的"五四"到今天，恰是螺旋式的进展了一周。一切都进步了。今天帝国主义的退出，除了实际活动力量与机构的撤退，还有不平等条约的取消，中国人卖身契的撕毁。这回帝国主义的退出是正式的，至少在法律上，名义上是绝对的，中国第一次，坐上了"列强"的交椅。帝国主义进一步的撤退，是促使或放纵封建势力进一步的伸张的因素，所以随着帝国主义的进步，封建势力也进步了。战争本应使一个国家更加坚强，中国却愈战愈腐化，这是什么缘故？原来腐化便是封建势力的同义语，不是战争，而是封建余毒腐化了中国。今天政治经济，社会，文化的腐化方面，比二十六年前更变本加厉，是公认的事实。时髦的招牌和近代化的技术，并不能掩饰这些事实。反之，都是加深腐化的有力工具，和保育毒菌的理想温度。然而封建势力的进步，必然带来人民力量的进步，这可分四方面讲。（一）西南大后方市民阶层的民主运动。这无论在认识上，组织上或进行方法上，比起五四时代都进步多了，详情此地不能讨论。（二）敌后的民主中国。这个民主的大本营，论成绩和实力，远非五四时代的以来所能比拟，是人人都知道的。（三）封建势力内部的醒觉分子。这部分民主势力，现在还在潜伏期中，一旦爆发，它的作用必然很大。这是五四时代几乎完全没有过的一种势力，今天在昆明，它尤其被一般人所忽略。以上三种力量都是自觉的，另有一种不自觉的，但也许比前三者更强大的力量，那便是（四）大后方水深火热中的农民。虽然他们不懂什么是民主，但是谁逼得他们活不下去，他们是懂得的。五四时代，因帝国主义退出，中国民族工业得以暂时繁荣，

一般说来，人民的生活是走上坡路的。今天的情形，不用说，和那时正相反。这情形是政治腐化的结果，而政治腐化的责任，正如上文所说，是不能推在抗战身上的。半个民主的中国不也在抗战吗？而且抗得更多，人民却不饿饭。（还不要忘记那本是中国最贫瘠的区域之一。）原来抗战在我们这大后方，是被人利用了，当作少数人吸血的工具利用了。黑幕已经开始揭露，血债早晚是要还清的，到那时，你自会认识这股力量是如何的强大。

帝国主义的进步，封建势力的进步，结果都只为人民的进步造了机会，为人民的胜利造了机会。不管道路如何曲折，最后胜利永远是属于人民的，二十六年前如此，今天也如此。在"五四"的镜子里，我们看出了历史的法则。

人民的世纪

——今天只有"人民至上"才是正确的口号

二十六年的光阴似乎白费了。今年我们这样热烈的迎接"五四",证明我们还需要它,不,我们今天需要的,是一个比当年更坚强、更结实的"五四",因为,很简单,今天的局面更严重了。

在说明这一点前,有一个观念得先弄弄明白,那便是多年来人们听惯了那个响亮的口号"国家至上",国家究竟是什么?今天不又有人说是"人民的世纪"吗?假如国家不能替人民谋一点利益,便失去了它的意义,老实说,国家有时候是特权阶级用以巩固并扩大他们的特权的机构。假如根本没有人民,就用不着土地,也就用不着主权。只有土地和主权都属于人民时,才讲得上国家,今天只有"人民至上",才是正确的口号。

知道国家并不等于人民,知道国家与人民的对立,才好进而比较今天和二十六年前的中国。

二十六年前的中国,国家蒙受绝大的耻辱,人民的地位却暂时提高了。第一次世界大战中袁世凯和日本帝国主义签订的二十一条件,是国家主权的重大损失,中国一心想趁巴黎和会的机缘把它收回,而终归失败,这对国家是直接的损失,对人民,老实说，并没有多大影响，而因了欧洲发生战事，帝国资本主义暂时退出，中国民族工业却侥幸的得着一个繁荣机会，这对于人民的经济生活，倒是有一点实惠。今天情形和二十六年前，恰好是个反比例，国家在四强之一的交椅上，总算出了从来没有出过的风头，人民则过着比战前水准更低的生活。英美不但将治外法权自动取消，而且看样子美国还要非替中国收复失地不可，八年抗战，中国国家的收获不能算少，然而于人民何所有？老百姓的负担加重了，农民的生活尤其惨，国家所损失的已经取偿于人民，万一一块块的土地和人民赖以生存的物资连同人民一块儿丢给敌人，于国家似乎也无关痛痒，今天我才明白，所谓中国愈战愈强，大概强的是国家而不包括人民。

二十六年前，我们的国家还不大明白主权之所属，所以还不惜拿一大堆关系自己命脉的主权去为一个人换一顶过时的、褪色而戴起了并不舒服的皇冕，结果那人皇冕没有戴上，国家的主权已经失了，若不是人民起来一把拦住，还差点在卖身契上亲自打下手印，当时人民之所以这样做，当然以为主权还有着自己很大的份儿，所以实际上，那回是人民帮了国家一个大忙，虽则国家和人民都不知道。

经过二十六年的学习与锻炼，国家聪明了，它知道主权之可贵，所以对既失的主权，想尽方法向帝国主义索回，一方面对于未失去的主权，尽量从人民手里集中到自己手里来，有时它还会使点权衡，牺牲点尚未集中的主权给邻居，这是因为除非是集中了主权不能算是它自己的主权，它当然也知道向人民不断的保证：凡是主权都是人民的，叫人民献出一切，缩紧腰带，拼了老命，捍卫了国家，自己却一无所得，连原有难足维持的生活的那点，都要丢光，这样，目前的国家和人民便对立起来了。

然而二十六年的光阴对人民也不能说是完全白费。至少，人民学了不少的乖，"上一回当，学一回乖"，人民永远是上当的，所以人民永远是进步的。

进一步的认识便是进一步的力量，所以今天我们期待着的"五四"是一个比二十六年前更坚强更结实的"五四"，我们要争取民主的国家，因为这是一个人民的世纪呀！

"五四"断想

旧的悠悠死去，新的悠悠生出，不慌不忙，一个跟一个，——这是演化。

新的已经来到，旧的还不肯去，新的急了，把旧的挤掉，——这是革命。

挤是发展受到阻碍时必然的现象，而新的必然是发展的，能发展的必然是新的，所以青年永远是革命的，革命永远是青年的。

新的日日壮健着（量的增长），旧的日日衰老着（量的减耗），壮健的挤着衰老的，没有挤不掉的。所以革命永远是成功的。

革命成功了，新的变成旧的，又一批新的上来了。旧的停下来拦住去路，说："我是赶过路程来的，我的血汗不能白流，我该歇下来舒服舒服。"新的说："你的舒服就是我的痛苦，你耽误了我的路程。"又把他挤掉，……如此，武戏接二连三的演下去，于是革命似乎永远"尚未成功"。

让曾经新过来的旧的，不要只珍惜自己的过去，多多体念别人的将来，自己腰酸腿痛，拖不动了，就赶紧让。"功成身退"，不正是光荣吗？"后生可畏，焉知来者之不如今也！"这也是古训啊！

其实青年并非永远是革命的,"青年永远是革命的"这定理,只在"老年永远是不肯让路的"这前提下才能成立。

革命也不能永远"尚未成功"。几时旧的知趣了,到时就功成身退,不致阻碍了新的发展,革命便成功了。

旧的悠悠退去,新的悠悠上来,一个跟一个,不慌不忙,那天历史走上了演化的常轨,就不再需要变态的革命了。

但目前,我们还要用"挤"来争取"悠悠",用革命来争取演化。"悠悠"是目的,"挤"是达到目的的手段。

于是又想到变与乱的问题。变是悠悠的演化,乱是挤来挤去的革命。若要不乱挤,就只得悠悠的变。若是该变而不变,那只有挤得你变了。

子在川上,曰:"逝者如斯夫,不舍昼夜!"古训也发挥了变的原理。

给西南联大的从军回校同学讲话

我也是参加校务会议的一分子,但我所讲的只代表我个人。关于治标治本的问题,刚才查先生冯先生说的很清楚,很详细。我也替大家感到很高兴。不过我想,大家是去从军,而不是去治标。这些治标的对象是我们造出来的,所谓"天下本无事,庸人自扰之"。自缚自解只是绕圈子而已。但是这种治标,不是我们从军的目的,从军的目的就是治本。假使不抱治本的目的去从军,则我们还配得上做一个知识分子么?谈到知识分子,我们总以知识分子自夸,觉得很骄傲,很光荣。这,与其说是光荣,不如说是耻辱。由于知识分子少,固然显得宝贵,显得身价高。因此我们的地位之尊贵是由和一般没知识的大众相形之下而成的。所以我们个人之光荣,是以国家之不光荣换得来的。我听到很多从军同学回来诉说在印所受的侮辱。如有一个盟军俱乐部,英国美国法国……连印度人也准进去,独不准中国人进去,因为他们认为我们是"China Man",不管你知识分子不知识分子。可见你们个人在国内,可以很神气,而在国外,人家就不管你什么东西了。所以国内不改善,在外人看来,你们只是一样的中国人!把这些经历,反省反省,认得清清楚楚,就不会白去了。

我们去从军,受那些连长,排长,那些老粗的虐待,或是过分的恭维，也还是如刀割般苦痛的。我们可以骂他们："正是你们丢了我们的脸，使我们受外国人的罪！"大家想想，为什么他们这样？想一想吧，这原是我们的责任！抗战以来，感到军队里知识分子太少，都希望赶快让知识青年去从军，借此机会改善军队。但是为什么到今日才晓得要找知识青年？根本我们的打仗就不想要知识青年来打的！本来，战争之发动就是用农民壮丁来干，农民去送死，我们去建国。这说来好听，根本当时的军队就没有组织，没有计划。送死，由他们去！以前卖命由他们去，现在就轮到他们管你们了！当初，苦事让人家干，现在因他们而丢脸，我们是不应该把他们当作敌人来仇恨他们或可怜他们，这是错的！这是整个社会制度表现出来的现象。当初他们入伍时候，是没有知识就拉过来的，等到入伍后，也从未教一点知识给他们。相反的倒是让他们身体没闲，或者宁愿他们睡死，病死，却千万不要让他们的脑筋清醒，不让他们有知识。

  统治者只要奴才去打仗，不要知识分子去打仗！好像现在要打内战啦，你们肯干吗？所以他们当初一时妙想天开，想找些知识分子去从军。他们一则糊涂，一则聪明。聪明的是这么一来，他们只把你们当一般壮丁一样训练。你们受得了就来，受不来就活不了。他们要把你们壮丁化，麻醉你们；麻醉得越多越好，奴化得越多越好。所以，人家是聪明的，我们就不能太笨了！现在我们可以反省一下，到底是怎样一回事？想对了，也还不愧为一个知识分子。上了当就要变乖。要知道绝不是几个知识分子抱着空中楼阁的理想，老是想从事改良改良，这么天真就办得到的。但是我们的思想就是我们的武器！只要我们是人，有人格，这人

格的尊严就是我们的武器！千万不要自己欺骗自己。作知识分子就要作一个真的知识分子！不是普通的技术青年而要作个智慧的青年！千万不要因为人家多给你们几个钱的待遇就算了事，要从大处看！

今早，有一个从军同学给一首诗我看。好诗，但写得我不同意。他说印度人怎的没希望了。是人就有希望，只要我们团结和醒觉！除非我们是苍蝇，是臭虫，……打了八年仗，八年前和八年后的苍蝇都是一样的，是人就变了，受了这么多的苦是会变的！尽管受尽压迫和痛苦，终有一天是印度人的世界，而不是英国人的世界。印度有希望，何况我们中国！

还有一点，以为只有知识分子，才有办法，别人一概不成。这种想法是错的。不要以为有了知识分子就有力量，真正的力量在人民。我们应该把自己的知识配合他们的力量。没有知识是不成的，但是知识不配合人民的力量，决无用处！我们知识分子常常夸大，以为很了不起，却没想到人民一醒觉，一发动起来，真正的力量就在他们身上。一班人活不好，吃不好，联大再好，也没有用的。我们是知识分子，应有我们的天职。我们享受好，义务也多，我们要努力。但以为自己努力就成了，就根本错！刚才那位写诗的同学说：印度人像没有生命似的，这才厉害。只有我们知识分子才怕死，人家不知死，浑浑沌沌的把生命分的不清楚，一旦把他们号召起来，还得了！武器在我们手里时，就觉得这是不好玩的，要人命的东西；在他们手里，干起来就拚！因为真正的力量在人民，所以越压迫，越吃苦，报复起来就越厉害！因此我希望诸位无论干那种工作，不要以为自己是大学生。这不该看成普通的谦虚，一种做人的手段；因为我们确实不如他们。不但口里说，而且心里也硬是要想：我们是不如他们的。我们的知识是一种脏物，是牺牲了大多数人的幸福而得来的。可是知识救不了我们；他们那些人敢说敢做，假如真要和我们拼起来，我们只有怕，没有办法！所以，问题就在他们要拼不要拼的问题；如果要，那我们就完了！

只有在一个合理的社会里，在一个没有人剥削人，人食人的社会里，知识才是一个武器，知识在一个合理的社会里才有大用；不然，是不中用的。所以，我希望各位能较抽象，较远大，较傻劲地看去。我所以说是傻，因为许多人都以他们的经验，说我们这样作是幼稚，是傻。其实我们的经验越多，只越教我们怯懦而已。现在，在军队里，可惜不是你们作主；但假如我们是和人民在一起，我们就有希望了。

兽·人·鬼

刽子手们这次杰作,我们不忍再描述了,其残酷的程度,我们无以名之,只好名之曰兽行,或超兽行。但既已认清了是兽行,似乎也就不必再用人类的道理和它费口舌了。甚至用人类的义愤和它生气,也是多余的。反正我们要记得,人兽是不两立的,而我们也深信,最后胜利必属于人!

胜利的道路自然是曲折的,不过有时也实在曲折得可笑。下面的寓言正代表着目前一部分人所走的道路。

村子附近发现了虎,孩子们凭着一股锐气,和虎搏斗了一场,结果遭牺牲了,于是成人们之间便发生了这样一串纷歧的议论:

——立即发动全村的人手去打虎。

——在打虎的方法没有布置周密时,劝孩子们暂勿离村,以免受害。

——已经劝阻过了,他们不听,死了活该。

——咱们自己赶紧别提打虎了,免得鼓励了孩子们去冒险。

——虎在深山中,你不惹它,它怎么会惹你?

——是呀！虎本无罪，祸是喊打虎的人闯的。

——虎是越打越凶的，谁愿意打谁打好了，反正我是不去的。

议论发展下去是没完的，而且有的离奇到不可想像。当然这里只限于人——善良的人的议论。至于那"为虎作伥"的鬼的想法，就不必去揣测了。但愿世上真没有鬼，然而我真担心，人既是这样的善良，万一有鬼，是多么容易受愚弄啊！

八年的回忆与感想

说到联大的历史和演变,我们应追溯到长沙临时大学的一段生活。最初师生们陆续由北平跑出,到长沙聚齐,住在圣经学校里,大家的情绪只是兴奋而已。记得教授们每天晚上吃完饭,大家聚在一间房子里,一边吃着茶,抽着烟,一边看着报纸,研究着地图,谈论着战事和各种问题。有时一个同事新从北方来到,大家更是兴奋的听他的逃难的故事和沿途的消息。大体上说,那时教授们和一般人一样只有着战争刚爆发时的紧张和愤慨,没有人想到战争是否可以胜利。既然我们被迫得不能不打,只好打了再说。人们对于保卫某据点的时间的久暂,意见有些出入,然而即使是最悲观的也没有考虑到战事如何结局的问题。那时我们甚至今天还不知道明天要做甚么事。因为学校虽然天天在筹备开学,我们自己多数人心里却怀着另外一个幻想。我们脑子里装满了欧美现代国家的观念,以为这样的战争,一发生,全国都应该动员起来,自然我们自己也不是例外。于是我们有的等着政府的指示:或上前方参加工作,或在后方从事战时的生产,至少也可以在士兵或民众教育上尽点力。事实证明这个幻想终于只是幻想,于是我们的心理便渐渐回到自己岗位上的工作,我们依然得准备教书,教我们过去所教的书。

因为长沙圣经学校校舍的限制，我们文学院是指定在南岳上课的。在这里我们住的房子也是属于圣经学校的。这些房子是在山腰上，前面在我们脚下是南岳镇，后面往山里走，便是那探索不完的名胜。

在南岳的生活，现在想起来，真有"恍如隔世"之感。那时物价还没有开始跳涨，只是在微微的波动着罢了。记得大前门纸烟涨到两毛钱一包的时候，大家曾考虑到戒烟的办法。南岳是个偏僻地方，报纸要两三天以后才能看到，世界注意不到我们，我们也就渐渐不大注意世界了，于是在有规则性的上课与逛山的日程中，大家的生活又慢慢安定下来。半辈子的生活方式，究竟不容易改掉，暂时的扰动，只能使它表面上起点变化，机会一来，它还是要恢复常态的。

讲到同学们，我的印象是常有变动，仿佛时常走掉的并不比新来的少，走掉的自然多半是到前线参加实际战争去的。但留下的对于功课多数还是很专心的。

抗战对中国社会的影响，那时还不甚显著，人们对蒋委员长的崇拜与信任，几乎是没有限度的。在没有读到史诺的《西行漫记》一类的书的时候，大家并不知道抗战是怎样起来的，只觉得那真是由于一个英勇刚毅的领导，对于这样一个人，你除了钦佩，还有甚么话可说呢！有一次，我和一位先生谈到国共问题，大家都以为西安事变虽然业已过去，抗战却并不能把国共双方根本的矛盾彻底解决，只是把它暂时压下去了，这个矛盾将来是可能又现出来的。然则应该如何永久彻底解决这问题呢？这位先生认为英明神圣的领袖，代表着中国人民的最高智慧，时机来了，

他一定会向左靠拢一点，整个国家民族也就会跟着他这样做，那时左右的问题自然就不存在了。现在想想，中国的"真命天子"的观念真是根深蒂固！可惜我当时没有反问这位先生一句："如果领袖不向平安的方向靠，而是向黑暗的深渊里冲，整个国家民族是否也就跟着他那样做呢？"

但这在当时究竟是辽远的事情，当时大家争执得颇为热烈的倒是应否实施战时教育的问题。同学中一部分觉得应该有一种有别于平时的战时教育，包括打靶，下乡宣传之类。教授大都与政府的看法相同，认为我们应该努力研究，以待将来建国之用，何况学生受了训，不见得比大兵打得更好，因为那时的中国军队确乎打得不坏。结果是两派人各行其是，愿意参加战争的上了前线，不愿意的依然留在学校里读书。在这里我们应该注意：并不是全体学生都主张战时教育而全体教授都主张平时教育，前面说过，教授们也曾经等待过征调，只因征调没有消息，他们才回头来安心教书的。有些人还到南京或武昌去向政府投效过的，结果自然都败兴而返。至于在学校里，他们并不积极反对参加点配合抗战的课程，但一则教育部没有明确的指示，二则学校教育一向与现实生活脱节，要他们炮声一响马上就把教育和现实配合起来，又叫他们如何下手呢？

武汉情势日渐危急，长沙的轰炸日益加剧，学校决定西迁了。一部分男同学组织了步行团，打算从湖南经贵州走到云南。那一次参加步行团的教授除我之外，还有黄子坚，袁复礼，李继侗，曾昭抡等先生。我们沿途并没有遇到土匪，如外面所传说的。只有一次，走到一个离土匪很近的地方，一夜大家紧张戒备，然而也是一场虚惊而已。

那时候，举国上下都在抗日的紧张情绪中，穷乡僻野的老百姓也都知道要打日本，所以沿途并没有作甚么宣传的必要。同人民接近倒是常有的事。但多数人所注意的还是苗区的风俗习惯，服装，语言，和名胜古迹等。

在旅途中同学们的情绪很好，仿佛大家都觉得上面有一个英明的领袖，下面有五百万勇敢用命的兵士抗战，反正是没有问题的。我们只希望到昆明后，有一个能给大家安心读书的环境。大家似乎都不大谈，甚至也不大想政治问题。有时跟辅导团团长为了食宿闹点别扭，也都是很小的事，一般说来，都是很高兴的。

到昆明后，文法学院到蒙自呆了半年，蒙自又是一个世外桃源。到蒙自后，抗战的成绩渐渐露出马脚，有些被抗战打了强心针的人，现在，兴奋的情绪不能不因为冷酷的事实而渐渐低落了。

在蒙自，吃饭对于我是一件大苦事。第一我吃菜吃得咸，而云南的菜淡得可怕，叫厨工每餐饭准备一点盐，他每每又忘记，我也懒得多麻烦，于是天天只有忍痛吃淡菜。第二，同桌是一群著名的败北主义者，每到吃饭时必大发其败北主义的理论，指着报纸得意洋洋说："我说了要败，你看罢！现在怎么样？"他们人多势众，和他们辩论是无用的。

云南的生活当然不如北平舒服。有些人的家还在北平，上海或是香港，他们离家太久，每到暑假当然想回去看看，有的人便在这时一去不返了。

等到新校舍筑成，我们搬回昆明。这中间联大有一段很重要

的历史，就是皖南事变时期，同学们在思想上分成了两个堡垒。那年我正休假，在晋宁县住了一年，所以校内的情形不大清楚，只听说有一部分同学离开了学校，但是后来又陆续回来了。

教授的生活在那时因为物价还没有很显著的变化，并没有大变动。交通也比较方便，有的教授还常常回北平去看看家里的人。

一般说来，先生和同学那时都注重学术的研究和学习，并不像现在整天谈政治，谈时事。

大学的课程，甚至教材都要规定，这是陈立夫做了教育部长后才有的现象。这些花样引起了教授中普遍的反感。有一次教育部要重新"审定"教授们的"资格"，教授会中讨论到这问题，许多先生，发言非常愤慨，但，这并不意味着反对国民党的情绪。

联大风气开始改变，应该从三十三年算起，那一年政府改三月二十九日为青年节，引起了教授和同学们一致的愤慨。抗战期中的青年是大大的进步了，这在"一二·一"运动中，表现得尤其清楚。那几年同学中跑仰光赚钱的固然有，但那究竟是少数，并且这责任归根究底，还应该由政府来负。

这两年来，同学们对学术研究比较冷淡，确是事实，但人们因此而悲观，却是过虑。政治问题诚然是暂时的事，而学术研究是一个长期的工作。有些人主张不应该为了暂时的工作而荒废了永久的事业，初听这说法很有道理，但是暂时的难关通不过，怎能达到那永久的阶段呢？而且政治上了轨道，局势一安定下来，大家自然会回到学术里来的。

这年头愈是年青的，愈能识大体，博学多能的中年人反而只会挑剔小节，正当青年们昂起头来做人的时候，中年人却在黑暗的淫威面前屈膝了。究竟是谁应该向谁学习？想到这里，我觉得在今天所有的不合理的现象之中，教育，尤其大学教育，是最不合理的。抗战以来八九年教书生活的经验，使我整个的否定了我们的教育。我不知道我还能继续支持这样的生活多久，如果我真是有廉耻的话！

一二·一运动始末记

　　自从民国三十三年双十节，昆明各界举行纪念大会，发表国是宣言，提出积极的政治主张，这里的学生，配合着文化界，妇女界，职业界的青年，便开始团结起来，展开热烈的民主运动，不断地喊出全国人民最迫切的要求，各大中学师生关于民主政治无数次演讲，讨论和各种文艺活动的集会，各界人士许多次对国是的宣言，以及三十三年护国纪念，三十四年五四纪念的两次大游行，这些活动，和其它后方各大城市的沉默恰好形成一个鲜明的对照。在这沉默中，谁知道他们对昆明，尤其昆明的学生，怀抱着多少欣羡，寄托着多少期望！

　　三十四年八月，日本正式投降，全国欢欣鼓舞，以为八年来重重的苦难，从此结束。但是不出两月，在十月三日，云南省政府突然的改组，驻军发生冲突，使无辜的市民饱受惊扰，而且遭遇到并不比一次敌机的空袭更少的死伤。昆明市民的喘息未定，接着全国各地便展开了大规模的内战。人人怀着一颗沉重的心，瞪视着这民族自杀的现象。昆明，被人们欣羡和期望着的昆明，怎么办呢？是的，暴风雨是要来的，昆明再不能等了，于是十一月二十五日晚，国立西南联合大学，国立云南大学，私立中法大学和云南省立英语专科学校等四校学生自治会，在西南联大新校舍草坪上，召开了反对内战呼吁和平的座谈会，到会者五千余人。似乎反动者也不肯迟疑，在教授们的讲演声中，会场四周企图威胁到会群众和扰乱会场秩序的机关枪，冲锋枪，小钢炮一齐响了，散会之后，交通又被断绝，数千人在深夜的寒风中踯躅着，抖擞着。昆明愤怒了！

翌日，全市各校学生，在市民普遍的同情与支持之下，相率罢课，表示抗议，并要求当局查办包围学校开枪的军队，撤销事前号称地方党政军联席会议所颁布的禁止集会游行的非法禁令。当局对学生们这些要求的答复是什么呢？除种种造谣诬蔑和企图破坏学生团结的所谓"反罢课委员会"的卑劣阴谋外，便是十一月三十日特务们的棍子，石头，手枪，刺刀，对全市学生罢课联合委员会宣传队的沿街追打。然而这只是他们进攻的序幕。十二月一日，从上午九时到下午四时，大批的特务和身着制服、佩带符号的军人，携带武器，分批闯入云南大学，中法大学，联大工学院，师范学院，联大附中等五处，捣毁校具，劫掠财物，殴打师生。同时在联大新校舍门前，暴徒们于攻打校门之际，投掷手溜弹一枚，结果南菁中学教员于再先生中弹重伤，当晚十时二十分，在云大医院逝世。同时在联大师范学院，正当铁棍、石头飞舞之中，大批学生已经负伤倒地，又飞来三颗手溜弹，中弹重伤的联大学生李鲁连君，仅只奄奄一息了，又在送往医院的途中，被暴徒拦住，惨遭毒打，遂至登时气绝。奋勇救护受伤同学的联大学生潘琰小姐，已经胸部被手溜弹炸伤，手指被弹片削掉，倒地后，腹部上又被猛戳三刀，便于当日下午五时半在云大医院的病榻上，喊着"同学们

团结呀！"与世长辞了。昆华工校学生张华昌君，闻变赶来援救联大同学，头部被弹片炸破，左耳满盛着血液，血色的鲜血上浮着白色的脑浆，这个仅只十七岁的生命，绵延到当日下午五时在甘美医院也结束了。此外联大学生缪祥烈君，左腿骨炸断，后来医治无效，只好割去，变成残废。总计各校学生受重伤者十一人，轻伤者十四人，联大教授也有多人痛遭殴辱。各处暴徒从肇事逞凶时起，到"任务"完成后，高呼口号，扬长过市时止，始终未受到任何军警的干涉。

这就是昆明学生的民主运动和它的最高潮"一二·一"惨案的概略。

"一二·一"是中华民国建国以来最黑暗的一天，也就在这一天，死难四烈士的血给中华民族打开了一条生路。从这一天起，在整整一个月中，作为四烈士灵堂的联大图书馆，几乎每日都挤满了成千成万，扶老携幼的致敬的市民，有的甚至从近郊几十里外赶来朝拜烈士们的遗骸。从这天起，全国各地，乃至海外，通过物质的或精神的种种不同的形式，不断的寄来了人间最深厚的同情和最崇高的敬礼。在这些日子里，昆明成了全国民主运动的心脏，从这里吸收着也输送着愤怒的热血的狂潮。从此全国的反内战争民主的运动，更加热烈的展开，终于在南北各地一连串的血案当中，促成了停止内战，协商团结的新局面。

愿四烈士的血是给新中国历史写下了最新的一页，愿它已经给民主的中国奠定了永久的基石！如果愿望不能立即实现的话，那么，就让未死的战士们踏着四烈士的血迹，再继续前进，并且不惜汇成更巨大的血流，直至在它面前，每一个糊涂的人都清醒起来，每一个怯懦的人都勇敢起来，每一个疲乏的人都振作起来，而每一个反动者都战栗的倒下去！

四烈士的血不会是白流的。

最后一次讲演

这几天，大家晓得，在昆明出现了历史上最卑劣，最无耻的事情！李先生究竟犯了什么罪？竟遭此毒手，他只不过用笔写写文章，用嘴说说话，而他所写的，所说的，都无非是一个没有失掉良心的中国人的话！大家都有一支笔，有一张嘴，有什么理由拿出来讲啊！有事实拿出来说啊！（闻先生声音激动了。）为什么要打要杀，而且又不敢光明正大的来打来杀，而偷偷摸摸的来暗杀！（鼓掌。）这成什么话？（鼓掌。）

今天，这里有没有特务？你站出来，是好汉的站出来！你出来讲！凭什么要杀死李先生？（厉声，热烈的鼓掌。）杀死了人，又不敢承认，还要诬蔑人，说什么"桃色事件"，说什么共产党杀共产党，无耻啊！无耻啊！（热烈的鼓掌。）这是某集团的无耻，恰是李先生的光荣！李先生在昆明被暗杀，是李先生留给昆明的光荣！也是昆明人的光荣！（鼓掌。）

去年"一二·一"昆明青年学生为了反对内战，遭受屠杀，那算是年青的一代，献出了他们最宝贵的生命！现在李先生为了争取民主和平，而遭受了反动派的暗杀，我们骄傲一点说，这算是像我这样大年纪的一代，我们的老战友，献出了最宝贵的生命。这两桩事发生在昆明，这算是昆明无限的光荣！

（热烈的鼓掌。）

　　反动派暗杀李先生的消息传出后，大家听了都悲愤痛恨。我心里想，这些无耻的东西，不知他们是怎么想法，他们的心理是什么状态，他们的心是怎样长的！（捶击桌子。）其实很简单，他们这样疯狂的来制造恐怖，正是他们自己在慌啊！在害怕啊！所以他们制造恐怖，其实是他们自己在恐怖啊！特务们，你们想想，你们还有几天？你们完了，快完了！你们以为打伤几个，杀死几个，就可以了事，就可以把人民吓倒了吗？其实广大的人民是打不尽的，杀不完的！要是这样可以的话，世界上早没有人了。

　　你们杀死一个李公朴，会有千百万个李公朴站起来！你们将失去千百万的人民！你们看着我们人少，没有力量？告诉你们，我们的力量大得很，强得很！看今天来的这些人，都是我们的人，都是我们的力量！此外还有广大的市民！我们有这个信心：人民的力量是要胜利的，真理是永远存在的。历史上没有一个反人民的势力不被人民毁灭的！希特勒，莫索里尼，不都在人民之前倒下去了吗？翻开历史看看，你们还站得住几天！你们完了，快完了！我们的光明就要出现了。我们看，光明就在我们的眼前，而现在正是黎明之前那个最黑暗的时候。我们有力量打破这个黑暗，争到光明！我们的光明，就是反动派的末日！（热烈的鼓掌。）

　　……

　　李先生的血不会白流的！李先生赔上了这条性命，我们要换来一个代价。"一二·一"四烈士倒下了，年青的战士们的

血换来了政治协商会议的召开；现在李先生倒下了，他的血要换取政协会议的重开！（热烈的鼓掌。）我们有这个信心！（鼓掌。）

"一二·一"是昆明的光荣，是云南人民的光荣，云南有光荣的历史，远的如护国，这不用说了，近的如"一二·一"，都是属于云南人民的，我们要发扬云南光荣的历史！（听众表示接受。）

反动派挑拨离间，卑鄙无耻，你们看见联大走了，学生放暑假了，便以为我们没有力量了吗？特务们！你们错了！你们看见今天到会的一千多青年，又握起手来了，我们昆明的青年决不会让你们这样蛮横下去的！

反动派，你看见一个倒下去，可也看得见千百个继起的！正义是杀不完的，因为真理永远存在！（鼓掌。）

历史赋予昆明的任务是争取民主和平，我们昆明的青年必须完成这任务！

我们不怕死，我们有牺牲的精神！我们随时像李先生一样，前脚跨出大门，后脚就不准备再跨进大门！（长时间热烈的鼓掌。）